漂流的透明書

靈歌詩集

目次

輯一 漂流的透明書

輯二　旅行帶一罐糖

輯三　故事有點酸

輯四　人間適合發呆

輯五　剝一層暗夜的光

【總序】

台灣詩學吹鼓吹詩人叢書出版緣起

蘇紹連

「台灣詩學季刊雜誌社」創辦於一九九二年十二月六日，這是台灣詩壇上一個歷史性的日子，這個日子開啟了台灣詩學時代的來臨。《台灣詩學季刊》在前後任社長向明和李瑞騰的帶領下，經歷了兩位主編白靈、蕭蕭，至二〇〇二年改版為《台灣詩學學刊》，由鄭慧如主編，以學術論文為主，附刊詩作。二〇〇三年六月十一日設立「吹鼓吹詩論壇」網站，從此，一個大型的詩論壇終於在台灣誕生了。二〇〇五年九月增加《台灣詩學・吹鼓吹詩論壇》刊物，由蘇紹連主編。《台灣詩學》以雙刊物形態創詩壇之舉，同時出版學術面的評論詩學，及以詩創作為主的刊物。

「吹鼓吹詩論壇」網站定位為新世代新勢力的網路詩社群，並以「詩腸鼓吹，吹響詩號，鼓動詩潮」十二字為論壇主旨，典出自於唐朝・馮贄《雲仙雜記・二、俗耳針砭，詩腸鼓吹》：「戴顒春日攜雙柑斗酒，人問何之，曰：『往聽黃鸝聲，此俗耳針砭，詩腸鼓吹，汝知之乎？』」因黃鸝之聲悅耳動聽，可以發人清思，激發詩興，詩興的激發必須砭去俗思，代以雅興。論壇的名稱「吹鼓吹」三字響亮，而且論壇主旨旗幟鮮明，立即驚動了網路詩界。

「吹鼓吹詩論壇」網站在台灣網路執詩界牛耳是不爭的事實，詩的創作者或讀者們競相加入論壇為會員，除於論壇發表詩作、賞評回覆外，更有擔任版主者參與論壇版務的工作，一起推動論壇的輪子，繼續邁向更為寬廣的網路詩創作及交流場域。在這之中，有許多潛質優異的詩人逐漸浮現出來，他們的詩作散發耀眼的光芒，深受詩壇前輩們的矚目，諸如鯨向海、楊佳嫻、林德俊、陳思嫻、李長青、羅浩原、然靈、阿米、陳牧宏、羅毓嘉、林禹瑄……等人，都曾是「吹鼓吹詩論壇」的版主，他們現今已是能獨當一面的新世代頂尖詩人。

「吹鼓吹詩論壇」網站除了提供像是詩壇的「星光大道」或「超級偶像」發表平台，讓許多新人展現詩藝外，還把優秀詩作集結為「年度論壇詩選」於平面媒體刊登，以此留下珍貴的網路詩歷史資料。二〇〇九年起，更進一步訂立「台灣詩學吹鼓吹詩人叢書」方案，鼓勵在「吹鼓吹詩論壇」創作優異的詩人，出版其個人詩集，期與「台灣詩學」的宗旨「挖深織廣，詩寫台灣經驗；剖情析采，論說現代詩學」站在同一高度，留下創作的成果。此一方案幸得「秀威資訊科技有限公司」應允，而得以實現。今後，「台灣詩學季刊雜誌社」將戮力於此項方案的進行，每半年甄選一至三位台灣最優秀的新世代詩人出版詩集，以細水長流的方式，三年、五年，甚至十年之後，這套「詩人叢書」累計無數本詩集，將是台灣詩壇在二十一世紀中一套堅強而整齊的詩人叢書，也將見證台灣詩史上這段期間新世代詩人的成長及詩風的建立。

若此，我們的詩壇必然能夠再創現代詩的盛唐時代！讓我們殷切期待吧。

二〇一四年一月修訂

【推薦序二】

冷靜與彿鬱同行——讀靈歌《漂流的透明書》散想

張默

小引

繼處女詩集《雪色森林》（二〇〇〇年十月出版），第二本詩集《夢在飛翔》（二〇一一年一月出版）之後，本書是靈歌精心編印的第三部詩集。無論是作者創作心境，觀察心得，語言掌握的純度，以及多數詩中所湧動的喃喃的感覺，似乎有不少極其自然的變革。

筆者最近細讀這部詩集後，發現靈歌的詩中遍佈一種出奇的冷靜與彿鬱的氣息，誰也難以細說分明。……

詩是探險，詩是絕對，詩是最高想像的構成，詩是呼之欲出的真摯。就這四者而言，作者似乎在逐漸向未知的前方探索、躍進、變革和實踐。但無法以一冊詩集來見證以上我所指的幾點。詩是小眾的藝術，它絕對沒有盡頭，每個創作的新詩人，窮其一生，也難抵達完美的境界。

雖然如此，但詩人創作的步伍，絕對不會停止。求新求變的信心，永遠不會動搖，靈歌當亦不會例外。

近數年來，筆者經常應邀為個人詩集寫些札記，本文也會按照個人寫作方式，採取「小引、佳句摘要、簡約賞讀、結論」四段式進行，以作者的詩為經，輔以賞讀為緯，或可為愛詩人稍解「新詩絕不是怪物」之謎耳。

佳句摘要

「只有深夜銀藍色的海
在月光的透析裡
隱隱譜出你瓶中的秘密」
——〈漂流瓶〉（初唱）

「而我總是，聽不見
那輾壓過我身軀
被囚禁於一個個連體牢籠的

喧嘩與嘆息」

——〈鐵軌〉

「一張張模糊難辨的照片
無法按停的列表機
不斷的嘔吐
是詩的連拍」

——〈詩的鏡頭〉

「文字自書頁間列隊出走
在你冥想的草原圍築森林」

——〈透明書〉（冥想）

「島外有島，小小的基隆嶼
鯨一般沉睡，也許
浮在海上哭泣」

——〈自島嶼北端出航〉

「風將隔鄰的襪吹脹
往鞋靠攏，似乎急於穿入鞋內
繼續未完的馳騁與跋涉」
——〈有些話晾在曬衣繩上〉

「每個回叩的字
叮叮噹噹下起冰雹
擊碎，花了玻璃鏡中
僵直的臉」
——〈電子情書〉

「喚醒熊熊的雪色森林
只是為了挖掘，拓印
那層層疊疊的一雙雙
相擁而眠的腳印」
——〈雪流浪〉

「日子是晾在後陽台的汗衫
已經被扭乾了還
滴著淚水」
——〈學生公寓・房間一〉

「琴聲是生滅的逡巡
每一音階都是惶惶的探索」
——〈舞劇〉

「來去相疊，沿著沙灘
二行歪斜的腳印
追逐夏的清涼」
——〈試溫之外〉

「進出松林，燃燒乾樹枝
燻黑彼此的青春
紀錄一些掌紋」
——〈秋離〉

「下雨了，傷裂的水庫
睜眼」
——〈眼是掩，在顏與艷之間〉

「也許，影子切入詩裡
裹入舞裡
自月光的擁抱中刷出羽翼
影子凌空而去」
——〈隱然之間·之前〉

「我把頸子拉高
風，去割他」
——〈風箏的想法〉

「我們在交融中閱讀彼此
以寂靜汰換喧嘩

以心，著色所有的對話
直到夜抹去一切」
——〈對話〉

「一行怎麼夠
二行疊上二行，方便攪拌」
——〈吻二行〉

「是一座橋
忘了讓雜沓的鞋印留在彼岸」
——〈寂靜穿越喧嘩〉

「躺臥如一只鞦韆
被風推了一把
空蕩晃著」
——〈夢愛〉

「成長骨折，飛翔對摺再對摺
收起翅膀，留意懸崖
小心別人的脊樑」
——〈梯〉

「青筋浮現，下巴腫脹
躺下吧
一幅行草在擂台上攤平」
——〈書法三帖〉（行草）

「所有的問句
以三角解題
那窗內失落的衣
隨窗外的風尋尋覓覓」
——〈衣架〉

簡約賞讀

全書概分五輯，收錄各種風格的詩作一百一十首，筆者於不同時空細心閱讀數遍，從中選出柳暗花明的佳句二十二則，特簡約賞讀如下：

〈漂流瓶〉或許會浮雕個人千古心事，但誰能一語道破，還是讓銀藍色的月光一點一滴去眉批吧！

在日常生活中，〈鐵軌〉的景像誰也說不完，作者從青年到壯年，他自己回憶說：「每一次調度，總不失之交臂」。但那一次又一次深深碾壓的感覺，卻是引人不停的嘆息與省思。

詩是意象的謎語，詩是猜不透的嘆息，詩是令人晨昏顛倒的瞬間，詩是穿透時空的知性之飛躍。……於是〈詩的鏡頭〉在作者心頭千迴百轉，確是日日夜夜一系列無法喊停的「列表機」。

〈冥想〉是無所不在的，它不知悄悄佔據一個作者難以計算的時程，你的玄想有多高，有多美妙，或許他會短暫的留在你的詩裡，故而才有「文字自書頁間列隊出走／在你冥想的草原圍築森林」這樣令人拍案的佳句湧現。

〈自島嶼北端出航〉，十足見證作者對台灣發自內心深處的摯愛，那一波接一波小小的關切與呼喚，似一不絕如縷的長卷般展開，把碩大無匹的藍天浩海化為永遠的甘霖。

人間的生活點滴，雖是詩不可或缺的素材，唯有透過詩人犀利的觀察，別具一格的抒情，畫龍點睛的筆觸……而後寫成的詩作，或可讓讀者會心一笑。這首〈有些話晾在曬衣繩上〉正是如此等待有心人去體會。

當下確是電腦主宰一切，大家都手不停腦不息的拼命用滑鼠點破對方的心事，於是〈電子情書〉大行其道，恰似叮叮噹噹的冰雹下個不停。

〈雪流浪〉，作者以皎潔的雪寫心中的諸多感觸，抒發心中的私密，而以拓印、相擁而眠的腳印，下了一個最美最動人的詮釋。

〈學生公寓‧房間一〉，把學生時期的生活點滴活化了。「陽台的汗衫／滴著淚水」，十分傳神。

〈舞劇〉是人生的側影，「音階是惶惶的探索」，藝術是沒有終點的，故而才有「深淵，如臨／薄冰，如履」的慨嘆。

一首言外之音的情詩，〈試溫之外〉，他以「二行歪斜的腳印」，見證「夏的清涼」，是很不俗的體悟。

〈秋離〉是淡淡的，靜靜的一些惆悵，是對歲月變異的感嘆。故而「夕陽一會兒在南／一會兒在北」，令人難以捉摸。

這一組二行到四行的小詩十二帖，是作者詩眼特別的一擊，引人注目。他以「下雨了，傷裂的水庫／睜眼」來暗示「眼是掩，在顏與艷之間」的對望，令人遐想。〈隱然之間・之前〉，初看有點玄，但深一層去觀照，他的「意象」在詩中起了主導作用，讓你吟詠再三。

「我把頸子拉高／風，去割他」，這是他對〈風箏的想法〉的批註，確屬神來一筆。其他，如〈吻二行〉的感覺十分鮮脆。〈寂靜穿越喧嘩〉的弦外之音，〈夢愛〉的瞬間遐想，〈梯〉難以抵擋的偷襲，〈衣架〉的真情調侃。在在都顯映作者在創作這批詩作的真摯與精挑細選。……

〈書法三帖〉更是本書的精華篇。作者雖不長此道，但對大篆、隸書、行草的抒寫，確是語語中的。請愛詩人不妨再細細品讀，他寫〈行草〉不落俗套的三行：

青筋浮現，下巴腫脹
躺下吧
一幅行草在擂台上攤平

結語

靈歌（一九五一～）今年六十二歲，自寫詩以來，匆匆已三十九載，十月下旬我有機緣與他在內湖某一咖啡屋小聚，暢談約一個多小時，發現他對詩非常執著與癡迷，對自己創作也力求深刻多元與精進，更特別重視詩的語言與意象緊密結合之必要。

他希望再過幾年退休，環遊世界，尋找寫詩的新素材，出一冊遊旅詩集。目前他是「吹鼓吹詩論壇」的「小詩俳句版版主」，真誠期盼他致力小詩創作，為個人詩作再創另一新景，是為序。

——二〇一三年十一月十二日完稿於內湖

【推薦序二】

相逢一顆寫詩的心——讀靈歌《漂流的透明書》有感

千朔

一直覺得，讀詩該是一件快樂又美好的事。就像旅行到一個奇異國度，所有經歷的事物，不但能充滿想像，拓展視野和領略生命的美好外，更是對自身以外的世界有著一番新領悟與創見。故當詩人寫詩時是如此的念想，讀詩時就更該是如此念想。

認識靈歌詩人不算太久，偶然機會讓他贈予了《雪色森林》和《夢在飛翔》二本詩集，粗讀後的第一印象是抒情詩人，便對他的筆名這般猜想：「詩者，心靈之歌也。」正因為心靈是柔軟的、綿長的，而詩歌是抒情的、懷志的，因此他取名靈歌，也是為其心中的詩文歌詠著。這個想法，在他即將付梓的第三本詩集《漂流的透明書》一書中，當我讀到〈我的詩〉這首作品時，卻稍稍有點改變，這首作品是這麼寫的：

我的詩
行到壅塞路口，被劫持
張貼啟事找回了皮屑
幾根毛髮，供解析ＤＮＡ
物理吻上化學

主食是漢賦
滿桌唐詩宋詞
沾些空無的醬料
生吃　或熟煮
反正，消化成超現實

有空飄，自半生不熟的城市升起
標語拉開藍天
讓白雲宣讀

有空投，種子喝過水

落地，就長成小樹
我的詩常流浪，也常自囚
每次作繭，不是自縛
為了將昨日的新生
蛻成明日的陳舊

就語感而言，這首詩大部分是充滿現代感的，倘若和他之前的詩作自相比擬，即可見到傳統古典與現代科技的不同風貌。然而，靈歌也非近五、六年才開始創作，他有著相當長久的寫作時間，因而在詩作風格上，還是可見到他寫作新舊歷程的轉變，譬如這首詩的第三段「**標語拉開藍天／讓白雲宣讀**」，一首詩的美感，還是脫離不了雅詞的營造，當然也脫離不了詩人心中的浪漫抒情情懷。

日常讀詩時，我常覺得許多詩人的創作，是一種神式寓言或童話預言，以及進化式的超實假設。故讀詩對我而言，常像閱讀神話故事或為猜謎遊戲。對於讀詩，我常不求甚解，把一首詩當成一幅藝術畫來欣賞，看得感動就多聯想，看得喜歡便多咀嚼幾回，若真看不懂，那就當是默契未達，海風太大，浪花太遠，濃霧甚重，不見五指，只好等改日心情朗朗時再來重讀。當然，詩作晦澀難懂，不全是詩人創作的問題，更多的可能是我個人經驗太過淺少的關係。所以讀詩就像吃飯，我也一樣是挑食的。靈歌這本《漂流的透明書》，全書雖然是由他全部目前三、四百首未集結成冊的作品中，精挑細選出一百一十首的作品，但我還是只能從中挑選個人最偏愛的詩作，略說有感。

從人的藝術通感來說，我相信追求「真善美」是人的本能，它是源自人心中的「愛」與「樂」，故從遠古以來，藝術源自宗教情懷一說，是被其肯定的。靈歌把詩集的書名定為《漂流的透明書》（也是第一輯的篇名），這六個字二個詞組，本身就營造出藝術之美，同時也具有濃濃的宗教情懷，這情懷所透露出的，是他個人對生命的經歷以及從生活歷練後所得的領悟，也因而在全書分為五輯之中，這一輯的作品是最能感受到他深刻的生活點滴和生命情愫。譬如之前所說的〈我的詩〉，還有〈漂流的透明書〉〈讀一本詩集（01）（02）〉〈走一條靜巷〉〈情詩〉〈加減〉〈鐵軌〉〈星星之筆〉〈透明書（轉眼）（冥想）〉二首，以及〈生活詩〉〈自島嶼北端出航〉等幾首，這一輯是這本詩集我閱讀最久也最多回的部分（礙於字數篇幅有限，當然無法一一詳說），其中〈生活詩〉的第一段，最可讀到詩人對於詩和生活之間的感觸與想法，他說：

「生活中不只有詩」有人說
陽光斜照，每個存在
都是光陰

——〈生活詩〉第一段

「光陰」一詞對照「陽光」來說，不算創新；然而從「存在」一詞比對「光陰」，卻能讓讀者很快感受到生命的流動。近年來，我常思考著寫詩的美與俗之間，詩人所要傳達的是思想？還是感受？創作者透過文字所要傳達的只是個人情感與想法給讀者知道就好呢？還是只讓讀者感受到情感需求和其想法呢？詩人的文字是到達呢？還是抵達呢？就像電影導演李安先生所說的：「最好的電影不是你說了一個多好的故事，而是你在觀眾心裡激起了些什麼。你不要想把你的感受告訴大家，沒有人在看你，他們是在看自己。」因而一首詩，被讀者所閱讀到的，是詩人的生命情感，還是讀者透過詩人重新閱讀著自己的人生與情感呢？我想，真正的藝術作品，它能感動人的情感，都是一樣的。就像月光之所以溫柔，正是人繾綣著夜色，天地染著浪漫了。

也或許「浪漫」一詞對活在科技發達、生活忙碌的現代人而言，是極度奢侈與華麗不真的生活感，使得現代詩的新寫作態度，多數是傾向真實生活經歷的思想寫作，這樣的寫作呈現，當然也是讀者最容易感受到的文字思想與情感，譬如從〈加減〉和〈鐵軌〉這二首作品，便可見到詩人在生活中的領悟。〈加減〉這首詩作內容是：

「一」個人孤單
你想加一人成「十」，得以繁衍
像一顆心，藏另一顆心

又怕減一歸「0」，加蓋密封
引發彼此撞擊

從沒想過，將心挖空
納「一」顆心，遼敻悠遠
一顆一顆，一直「十」
綿延不盡

人與人相處，最大的磨與合就是心與心之間的距離，文學寫作是藉由文字將二個陌生人的二顆陌生的心拉近，然後像二個朋友聊著彼此間的心事，這就是文字的力量。這個力量，透過藝術性語言詩的創作，不僅展現生活力量，更發揮了生命裡的美與善，所以孔子說：「不讀詩，無以言。」不就是告訴我們，「詩」是最美的語言，最悅耳動聽的寧謐之音。而透過這樣的聲音，詩人在〈鐵軌〉第二段中所寫的：

生命的過往一廂廂被載走
年少勾住年幼，年老勾住年長
青壯歲月在熙攘的月台尋覓

上車下車的自己

我們從這一段生命的描寫，彷彿聽到詩人正用著他低沉渾圓的嗓音，緩緩說著自己在這一段生命中的回首，他正與所有讀者一起行旅在這條鐵軌上：「尋找自己」。尋找不是因感受到生命的迷茫，也不是因為生活的無措，而是對於生命有著春青不再的感受，這樣的生命通感，就宛如浪從海中來，山風與天色卻在遠遠的天涯——孤立著。

所以，詩寫得直白淺易，並非沒有詩意或哲理。我總這麼認為：一首成功的詩作，往往不是詞藻華不華美所決定的，也不是由意涵深不深澀來拍板的，能夠論其價值的——或許是學者，能夠評其好壞深厚的——或許是詩人們，但可以說其成敗的——當然是讀者。而此刻我是讀者，不是詩人也不是學者，因此這本詩集對我而言，是享受悅讀，而不是理論閱讀。

人的思想之所以漂流，或許是因為生命的本身就是一場漂流之旅。但不停漂流的原因，我們總是無法輕易尋得答案，或洞悉到這些莫名選擇，許是這般因由，詩人在抒寫〈透明書〉二首詩時，流蕩著淡淡愁思與寂寞之感，如〈透明書‧冥想〉這首：

原來，飲過孟婆湯的今生
無法洄溯前世幽暗的潮汐

墜落無明的漩渦
所有根深的記憶早已崩解
所有林中的迷霧演繹你全然的陌生

人從一出生，就一直以人的模樣經歷許多生命之事。對於生命所遭遇的事，久而久之就習以為常，慣性地認為這本是我們所要熟悉的，然則生命對很多人來說，從來沒有熟悉感。我們在生活與生命之中，必須不斷去經歷無法預知的旅行，詩人在這首詩的末段寫著：「**風讀著自己，讀成一部／透明書**」，我猜想這裡的「風」，不但指著我們所知道的物象之「風」，同時也轉譯著人之「靈魂」的不定感，那摸不著看不見也不可預知有無的生命之源，正如「風」般的不可見，不可捉摸。而另一首〈透明書・轉眼〉第一段即寫著靈性中的活性：

掘自黑暗礦脈
一字一句敲開水晶
眼睛吞下光
吐出煙花瀑布
匯流月牙泉，撕破黃沙
沙沉為硯，泥浮成墨

磨一池混濁
池魚擺尾書法
臨帖幾幅人生

「**臨帖幾幅人生**」這句話，相當有具哲思味的。世界上有幾千幾萬人，每個人的人生都不相同，詩人所寫下的臨帖幾幅人生和讀者所看的人生，定然是不同的。這種由讀者去揣測結果的異想，讓我想起德國湯姆提克威所導演的電影——「蘿拉快跑」，導演在電影中，一次導了三個結局給觀眾看，然而透過觀眾的思考，電影的結果似乎可以再出現第四種、第五種或更多不同的結局，因為不同的人就會有不同的蘿拉思考，結局也將不同的。讀詩，也是一樣的，因著人的經歷不同，也就產生不同的意會與想像。就像詩人所寫的二首〈讀一本詩集（01）（02）〉，雖然不知道詩人讀了哪本詩集，但詩人所提及的閱讀想法，也曾在我心中出現過，他在〈讀一本詩集（01）〉中的第二段寫到：

曾經點燃燭光
照亮一次晚餐，意象繁複
我們誤讀，各自盛裝
各自手持面具

舉手投足注意修辭
一些心情的晦澀
企圖轉化明朗
而對坐更顯疏離，何況併肩
每一道菜，都是消化不良的歧義
過剩而梗塞
倒掉一些推薦文
一篇言不及義的後記

還是這般認為，作者與讀者之間的關係，不存在必然理解的閱讀責任，但作者的抒寫，若是為了抵達讀者心中的戚戚然，那麼在創作過程中，就必須考量到讀者的閱讀需求，我想這就是所謂的閱讀同理心。故詩人所寫的〈讀一本詩集（02）〉的末段幾行：「**就這麼呼攏／靠閃閃惹人愛的招牌／精裝的封皮與頻繁的簽書／高登銷售排行**」，這樣的詩句，其實是相當直白地評論詩人所閱讀到的詩集內容；這樣的評論雖然不是每個讀者心中的想法，然則只要是文字發表，就必然牽涉到讀者的閱讀心情。詩要如何寫，才能通達人性，才能感染人情味，想必這是許多詩人寫詩時，心中所計量的；顯然靈歌詩人的寫作，也正朝向這個標地前進中。

在靈歌這本詩集裡，我發現不知是詩人有意如此，還是無意中的下意識，詩集內的五個單元，每輯都選有組詩作品，而我也偏愛組詩的閱讀。一直認為組詩的寫作就像開墾一座花園那樣，每首小詩就是一種花，不同的花朵引發人們不同的季節心情，和不同的香氛療癒。人們常說：「各花入各眼」的喜愛，讀組詩就會有這麼多種的美多種的趣味及多種的想像。在〈輯一・漂流的透明書〉中的〈自島嶼北端出航〉這首組詩共有七首小詩，其中的一、三、六是我個人較喜愛的：

一、

陸路的藍調太憂鬱
我把座標繫在海鷗翅膀
準星般射擊

三、

浪將海打開似一長卷
我出航的船是一匹踽踽的馬
海的旅程橫掛
像長長的清明上河圖

逐漸匯集的人聲在左舷一波波拍打

六、

我只是，想把沉落的盆地舉高
讓他眺望光速的世界
只想將閃電插進沉睡的城市
讓海上的雷，驚醒夢底層的昏聵

選詩閱讀，並不是認為其它的寫作不好或不喜歡，或許是因著此刻的心情，對於這些文字有著特別感受，就像詩人所寫的：「**海的旅程橫掛／像長長的清明上河圖／逐漸匯集的人聲在左舷一波波拍打**」，這麼長長的風景，有這麼多又那麼多的聲音，聆聽如果要不為噪音而成天籟，當然就要依賴讀者自己的內心需求；故我的選讀也像詩中所寫的：「**我只是，想把沉落的盆地舉高／讓他眺望光速的世界／只想將閃電插進沉睡的城市／讓海上的雷，驚醒夢底層的昏聵**」，很純粹地說出我所讀到的文本是什麼，想傳達讀詩後，來自我內心簡單的真誠而已。在〈輯二・旅行帶一罐糖〉中，組詩作品只有一首〈千里風塵〉；這詩名一讀，感覺好像要長長長長的綿延幾千里才是，不過詩人卻只寫了八小首，但起手的第一首的前二句卻讓人感受相當優美而有FU的，詩人寫：

我的名字
是妳念念不忘的動詞

可見詩人的心中，存有一個「**念念不忘的動詞**」，才能將這麼直白的念想，轉化為這麼動人的詩句。在這組詩的第七小首，詩人寫著：

愛是一座劍山
插滿花的美麗
卻隱藏了刺
你要一盆東方的含蓄
還是西方的豪放

從詩文本所呈現的詩境，能感受到詩人這首組詩，絕對是一組情詩。對於一向擅長寫抒情詩的詩人而言，這組作品是含蓄地誘人，它像一杯雞尾酒，初喝爽口怡人，至於後勁之力就看個人勝不勝酒力了。再轉看〈輯三・故事有點酸〉中的〈學生公寓〉，其文字風格較詩人前二本詩集的寫作風格，是轉變較大的一首，整組詩的語境統一，氣氛也營造出較年輕卻略帶寂寞老熟的氛圍；

房間一：

日子是晾在後陽台的汗衫
已經被扭乾了還
滴著淚水

他抱住提琴像抱住
剛剛遠離的女孩
用生澀的琴音
來回擦乾

房間二：

每次琴音響起
歪歪斜斜的走調
你的歌聲總能準確入檔
副歌正前進
主歌卻倒退

像離家時，你的搖滾嘶吼著
理想與現實的對決

客廳左：
他的畫，是海浪
從房間漲潮至客廳
像漂流木
在水面畫著不同的流派

他的五官印象著莫內
頭髮炸成梵谷
臉龐因熬夜立體出畢卡索
他半夜點燃夏卡爾的光
尋找達利最後的「燕子的尾巴」

註：「燕子的尾巴」為達利最後的畫作

房間三：
　牆上的影
　一排湧出，一排吸入
　舞台拉近再淡出

　他將三個月的拍攝捏成伸卡球，投出
　再用雙眼緊盯的捕手，接住
　生命一格格跳接
　青春一節節敗退
　像負重的蝸牛
　以稚嫩的觸角
　探索未知

夾層：
　他讀詩，讀成挖空心思
　填入夢遊的沙包
　讓現實一拳拳重擊入肉

他寫詩，在天空與懸空的地板間
用筆桿支撐
釘不牢，感情的基礎

「我要金黃收成的土地」她說
他把未寫完的詩揉成一團
塞入口中咀嚼
「我可以幫妳種植」他說

從這組組詩的寫作小標題上，便可看見詩人別出心裁的用心，他以房間的分佈來營造學生住宿的情形，讓人感受到詩人彷彿是身臨其中地看到那些學生日常生活的情形，也或許就是這般用心，所以這組詩在詩人貼上網路時，受到許多讀者相當的好評。另一首小組詩是〈嘆二口氣〉：

一、「牆」

我剝落，不善粉墨登台

時間的手，在後台
搬開逐日氧化的磚
那是我僅存的血肉
一塊一塊
粉末水泥與沙的防護
我只是一堆棄置

二、「土」

那些碾壓過的輪印
一節一節
斷了脊椎
我厭倦，鞭撻或者灌水
想抓住根，攀爬
向天提出告訴
終判為樹
一把火，燒成灰燼

又囚禁成土

這二首小詩讀來，讓人頗為動容。詩人並沒有用什麼高明的寫作技巧來呈現內容，但卻能令人深刻感受到生命的滄桑感，與人間輪迴的時光，不過是一場追求後，又回歸到最終的一把土而已。故而一首好詩，其實最簡單的，就是要能感動讀者的心靈。〈輯四‧人間適合發呆〉這個篇名，是我個人相當喜愛的。因為發呆的時光，就是讓人在天馬行空中旅行自我心靈的發想地，任何莫名的困頓、愁鬱也可以在這裡得以悠閒看待；詩人也在這一輯中，放了最多組詩的作品，所有心中的小星星，都在這裡閃亮舞動。譬如有〈寂靜穿越喧嘩〉〈窗〉和〈風箏的想法〉等組詩作品，從這些詩題就能感受到，詩人寫作時的想法，可能與我有著類似的心境，將自我心中的小想法都當成浪花一朵朵，隨處美麗隨處回眸也隨處自在安想。

如〈風箏的想法〉中的第六首：

夏天中午我改名

太陽蒸

「太陽蒸」三個字，乍讀是個可愛的名詞，但對豔陽下辛勤工作的勞動者而言，這算是人肉燒烤的意象；故這小首詩雖然只短短二行，意象和情境都建構得相當飽滿。再如〈窗〉的第三首：

夜，磨一面墨鏡
夢起床
自反面掐住你的醒

和〈寂靜穿越喧嘩〉中的第二首：

市集，是多波瀾的河
你划動雙耳擺渡
耳道的鼓膜張開手
撈捕沙石與汙泥
揉捏成放流的梵唱

任何生命的存在，都脫離不了生活的現況。故詩人寫小詩，也從日常中寫作，從市集裡著手，這是真真正正的物我合一地寫作，是多難得的寫作經驗；它不是詩人自我寂寞中的遼想，而是從生活之中，看到生命光彩的輝煌處。〈輯五・剎一層暗夜的光〉中，我選讀了

〈我走過〉這組詩，作品內有五小首，每小首的首句，詩人是這樣寫著：「我走過整排櫥窗」、「我走過墓地」、「我走過一間間種族隔離的學校」、「我走過鐵絲網圈隔的重劃區」、「我走過燈火通明的工業區」；我們每個人每天可能走過很多地方，但我們會記下多少走過的路呢？尤其是每天所走過重複相同的路，我們又能去品味這些地方存在著多少人生的味道，並進而去品嚐這樣的自我人生味呢？所以詩人的這組作品，我個人非常喜歡，也覺得相當感動，尤其是他在末段寫到：

我走過燈火通明的工業區
遇見佝僂的自己
想起年輕那把不斷被拉彎的弓
射出今日腐朽斑駁的箭
在此落地

詩人每天上班的地方就是工業區中的一間工廠，這首小詩正是以他個人的生活為寫作的底本，文字本身的真誠就是作者與讀者之間最直接的情感交流，也是人與人之間最近的距離。我想，這樣的文字發之為聲，絕對是最動人的語言。

當然，整本詩集選錄一百一十首作品，實非我小小的選讀就可以詳實說盡，不過在讀到〈翻頁〉這首詩時，我忍不住想起自己曾經寫過的一段小文：

故事從開始就轉著一個命運
經歷，重複，咀嚼，吐出
每一個感受都堆積成一朵花的綻放與凋零
就像月光捲入了一本書
書頁再厚，總有一個封底
生命與文字的相逢
也有一個句號，在最後

所以，看到詩人把〈翻頁〉編選在這最後一首，也感受到相同的默契，就如詩人在詩中所寫的：

像一本詩集
再無可讀的時刻
讀著封底，那些經年的斑剝

一面風霜的鏡

我們都是一本書，曾經
首頁春陽嘹亮
連跌倒都是花泥
……
有時，翻頁是必須
我們不能常駐於，未知的待續
黑夜無聲襲來，一波波
我們被迫掌燈，捕捉幾許不堪
摺疊滄桑，收進暗影裡
然後靜坐，等下一次門開
等曦光送晨風進來
將垂淚的燈捻熄
執手相疊，對坐
然後相視，牽手翻開
最後的扉頁

就像所有電影工作者說的，一齣電影的結束：「沒有結局，也是一種結局。」時間到了，導演殺青了，就是最後的字幕要播出的時段。就像冬雪，飄落因為天冷；就像春陽，照耀因為雲開。所以詩人這本詩作的選編集錄，也有著詩人心中所想所思的情感。而我個人所選讀的，只能說純粹因為喜歡，就讀了就寫了，無關任何考量。就像〈輯三・秋離〉這首曾發表在野薑花詩刊秋色專輯的詩作，詩中第三段寫著：

「秋天是最好的離別
離別是最好的收穫
稻穗和稻草分開
才算豐收」
我們剝離重疊的影子
夕陽一會兒在南
一會兒在北

任何一種因緣聚會，最終還是會告別彼此的，只不過對詩人而言，詩集的完成看似告別，卻又是另一場行旅的開始，當詩集流轉在不同的讀者之間，便會再與讀者相互一場心靈交會的相逢，這是美好的開始，更是一場值得期待的美麗約會。

然而作為一本詩集的小小推荐文，我的文字顯然是隨興了些，文中沒寫到詩人文字的寫作技巧，沒寫到他文學創發的精心構思，甚至沒提文學理論或意象修辭的批評，沒有讚美詩人的寫作心志，也沒撻伐詩作的疏漏，更不是一篇賞析文章。這篇文字純然為我個人的閱讀有感。所以在最後想以詩人在「輯一」的作品〈走一條靜巷〉做為我讀這本詩集的小小結論。詩人寫：

「我的詩領先前方
鋪橋，造路
打通一座座隧道
不斷穿越，光的前方」
我沉默追隨，腳印合上腳印
蓋一個個簽約的章
偶而並肩，方便風的辨別
方便，光雕塑身形
天涯張貼
一如靜巷，巷末的牆內
一棵挺拔的木蘭，捧起

高高捧起，一朵朵風荷

飛翔

閱讀的本身就是一條靜巷，靜中的滋味就像一杯水，要由人各自領略，因為誰也沒法子去仔細說明水進入人體後的作用，讀詩對我而言也是如此。就像這個冷冬的夜晚，我把筆電搬至陽台，在月光下寫這篇文字時，翻過雲層的念想，也只有月光知道。

讀詩，我想就該是這般的悠然心境，純粹領受詩，像鯨，像浪，像箭，像風沙地迎面襲擊而來。

——二〇一三・十二・六　凌晨　千朔寫於打狗的月光下

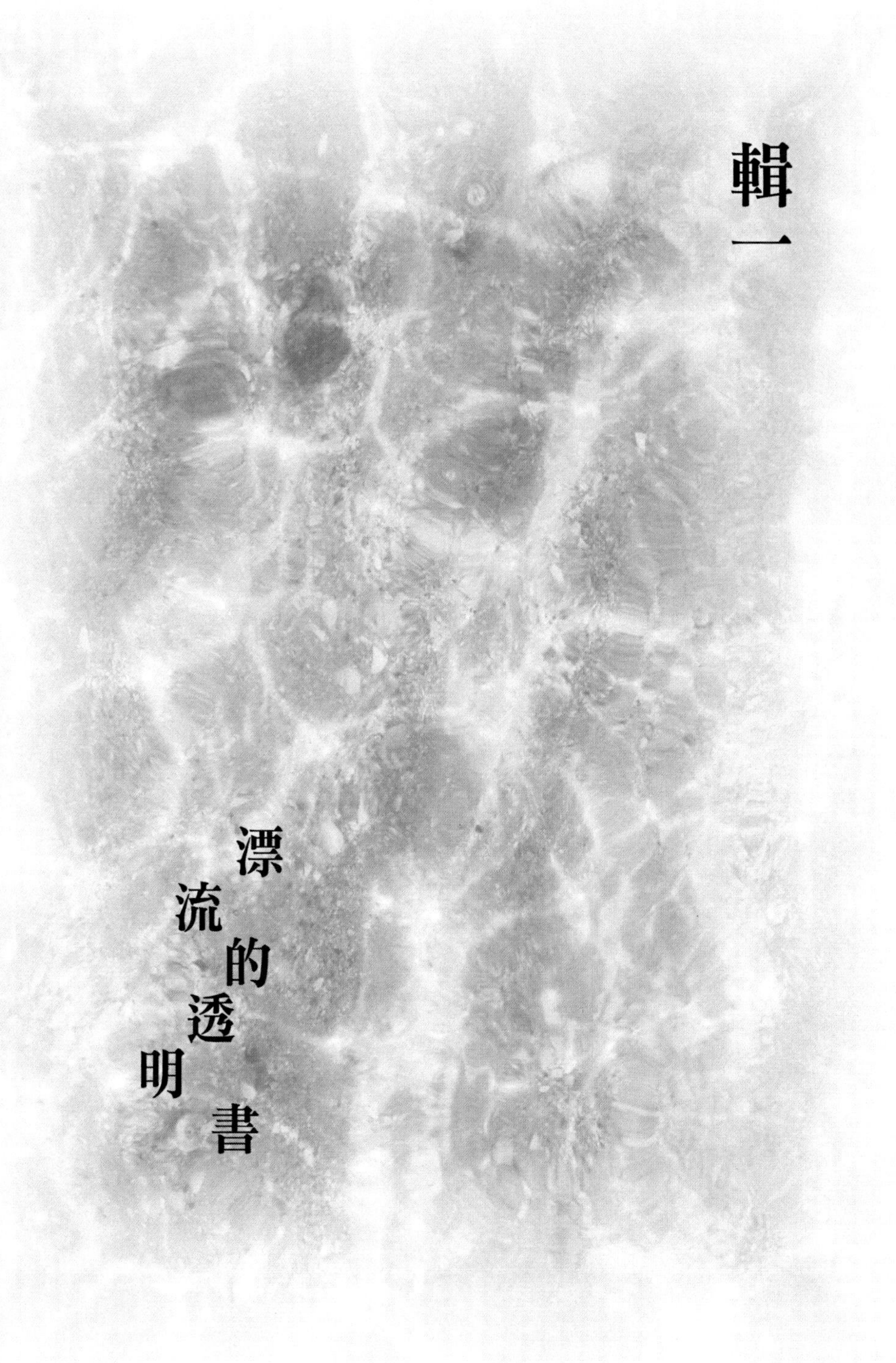

輯一

漂流的透明書

漂流的透明書

你學習在波光粼粼的額上
落櫱，避開粉刺與青春痘的暗礁
以及，浮木的碰撞
渴飲航程的風雨
啖幾撮牽扯的水草
打開心，讓傷痛下錨
等待平靜的停靠

我們漂流於紅塵路上
累世的漩渦和業的洋流
陸海空盡皆迷航
你審視一行行足印

前進後退的註解，或者刪改
猶如花葉在季節中易容

放大航跡水紋，占卜舵的方向
倒影的天空，飛鳥啄魚，水月一般
鷹的銳利剽悍
奈何不了轉折的麻雀
旅途的寫意，需要陽光提示
或風的髮絲點撥

一只瓶的塑形
烈焰留下傷疤
借漂流洗淨
流進一本書的歷史
打開瓶蓋，將文字納入，封印
書是輪迴的肉身
散盡結使，逐漸透明

讀一本詩集01

打開如一面湖
每個語詞漂流著落花
嘆息如雲躲在內頁
偶而篩落微光心事

曾經趕赴一場舞劇
一首隱題的詩
忘了彼此肢體的語言
在轉換的場景之間
忘了呼息
曾經替換角色，變換席次
一些舞步在圖像中飛旋，躍起

赤足吻上裸裎的地板
夾住一篇沒有署名的序

曾經併坐海堤，譜海鳥起落的曲
失散的歌如浮木
被翻唱的海浪捲走
浪的泡沫，在幾首小詩間
吐露，夜即將帶走
來不及解開的隱喻

曾經點燃燭光
照亮一次晚餐，意象繁複
我們誤讀，各自盛裝
各自手持面具
舉手投足注意修辭
一些心情的晦澀
企圖轉化明朗

而對坐更顯疏離，何況併肩
每一道菜，都是消化不良的歧義
過剩而梗塞
倒掉一些推薦文
一篇言不及義的後記

再翻過去，自費出版
沒有發行，沒有版權，如何追究
一本無從定價的詩集
一場無法定稿的
愛情

走一條靜巷

走進靜巷
春丟來圍巾，陽光暖暖
腳步領先影子
踩入花香
嗅覺鑽入你書房
翻閱，一朵牆內
探頭的爬藤玫瑰
在磚砌的格子
寫下詩行

總是迷戀飛翔
彼此笑稱候鳥

北極是居住的屋頂
有汗水往南
飛高為了摘星
閃亮如祈禱的十字
標示另一個家的方向

「我的詩領先前方
鋪橋，造路
打通一座座隧道
不斷穿越，光的前方」
我沉默追隨，腳印合上腳印
蓋一個個簽約的章
偶而並肩，方便風的辨別
方便，光雕塑身形
天涯張貼
一如靜巷，巷末的牆內
一棵挺拔的木蘭，捧起

高高捧起，一朵朵風荷
飛翔

註：木蘭花，花形大如樹上風荷

我的詩

我的詩
行到壅塞路口，被劫持
張貼啟事找回了皮屑
幾根毛髮，供解析ＤＮＡ
物理吻上化學

主食是漢賦
滿桌唐詩宋詞
沾些空無的醬料
生吃　或熟煮
反正，消化成超現實

有空飄，自半生不熟的城市升起
標語拉開藍天
讓白雲宣讀

有空投，種子喝過水
落地，就長成小樹

我的詩常流浪，也常自囚
每次作繭，不是自縛
為了將昨日的新生
蛻成明日的陳舊

臉書

許多招牌在此會合，眨眼招呼
光陰的手置於開關，數著明暗
每一條河送走浮木
每一艘船載來
綴滿露珠的花瓣
露珠是透明的眼睛
透露出心情不斷躲藏
藉划拳決定方向
藉猜謎揭示掌聲，按一個讚

紛紛落水的
燈的倒影，吊掛

一張張浮沉的面具
有些慈眉善目
有些冷若冰霜
猜忌的心探出
觸摸體溫，以及脈搏
閉眼鏤刻，文字的面相
點擊鍵盤，桌面拉動百葉窗
躲著陽光的粉塵
紛紛後空翻
一排排緊密的列柱
一列列重疊的影子
玩著唯一的童年
捉迷藏

長

時間剪綵
紮成手勢
捏塑學步的影子，拉長
沿階梯張貼
一階一寸日光
長高至月亮彎腰
切開心口，倒入星星
裝滿

情詩

每個詩人的內心
都躲著一隻貓
疊著幾片雲
流浪，伺機……

長大，疊高
偶而春天路過
輕敲暗號，遞出情詩
交給牆腳的貓朗讀
避開枕邊人

彷彿，夏季的陽光
直白，不斷補充水的淡然
無味而且，一些煩

雲接了通告出場
端出霧，擺下雨簾
半遮幽微飄忽
又無法阻止的
影子，被急切的情詩攬著，吻著
艷紅的篇章

漂流瓶（初唱）

浮沉千古心事
密密封印
借潮汐拍打流浪的歌
傳唱千里

一只漂流瓶
一則無法啟齒的傳奇
從揚帆的礁岸起程
自海鷗的翅翼遺落
捕魚的網誤撈起
再遠遠的抛棄
只有深夜銀藍色的海

在月光透析裡
隱隱譜出你瓶中的秘密

浪的鼓點輕敲
風的琴弦滑移
漂流在人魚的秘地
你的瓶蓋終於
終於靜靜開啟
那遙遠的礁岩上
月光背影裡
飄渺如天翼
瓶中的心事
漫漫唱起

加減

「－」個人孤單
你想加一人成「＋」，得以繁衍
像一顆心，藏另一顆心
又怕減一歸「０」，加蓋密封
引發彼此撞擊

從沒想過，將心挖空
納「－」顆心，遼敻悠遠
一顆一顆，一直「＋」
綿延不盡

玻璃瓶

烈焰紋身是宿命
忙著挖空，沉澱紅塵
開不開口由你
收集你不要不願不想的氣
混濁的體，透明過濾
靜靜等候
一眼看穿，心意

咀嚼一首詩

夕陽嚥下最後的喧嘩
夜戴上口罩
逐漸，擴散寂靜
寂靜流向山野
將燈海推落山腳
風以整座森林的舞台演奏
最後的詠嘆

妳的詩句，亮如月光
暗似花香
我逐字追尋翩飛的流螢

翻騰　跌宕
墜落湖面的朵朵水花

轉折躲入雲隙
夜鷺揮毫枝頭
滑翔琴鍵的顫音
河水穿過林間的泠泠
蜿蜒成夜光的絲帶
將整座森林打包成華美的詞令

而妳的語詞是素樸的
適合，沉澱的夜
適合月光鋪就的萱紙
以花影入墨
以風擁柳梢落筆
以夜之精靈的絕唱

我總是流連，夜的咖啡
總是咀嚼，花海層層的浪疊
乾杯，這櫻花林中的花雪紛飛

送行（註一）

握住四季之末冰涼的手掌
封住春天暖意
我的淚，冰凍而失去悲傷

河出生天外高山
以聖母淨瓶傾斜之水
繁衍生靈，慈祥炊煙
一畝畝沃野，一畦畦稻香
直到風雲逆襲
安居大塊崩解
樂業漂萍四散

風塵僕僕流徙
車轔轔，馬蕭蕭
你是輾壓過的碎屑
是潤滑輪軸滴落一地的油漬
拓印大江南北
在島上裝訂四方書冊
定稿於晚年春秋

「蜉蝣天地，蠻觸戰爭」（註二）
我只是坐於台下觀戲的芸芸眾生
是你鷹飛穹蒼，佈陣星圖
重返人世饋贈的一帖
小品，小橋流水
而你是我仰望的大山
當我行經曠野
每隻流螢，每顆露水

晶瑩處處處風生
水起於日照碧波，流雲攬鏡
我終是你親手搭蓋的小茅屋
書頁畫冊日夜薰香

今夜你終於唱罷陽關三疊
此去，無刀兵血淚
你行經每一寸土地
草木皆抬頭目視
風雲駐足相送
如我，含笑帶淚

註一：此詩懷念一位過世的長輩，一生戎馬軍旅，曾參與抗戰，隨國民政府遷台，飽讀詩書，令人景仰，以詩紀念。

註二：戲台聯有不少高雅並具一定欣賞價值的，如：「蜉蝣天地，蠻觸戰爭，大作小觀小亦大；咫尺江山，須臾富貴，無為有處有還無。」「蜉蝣」，語出《詩經・曹風》，喻時間短促。「蠻觸」，語出《莊子・則陽》，意為範圍不大。「蠻觸戰爭」，指舞台不大，卻演出許多驚天動地的戰爭故事。

離開終歸

你說要離開
卻把一部分的自己留下來
椅面有你的餘溫
像你剛熄滅的菸蒂
桌腳立著你的站姿
桌面清空像你刮淨的鬍渣
擦不掉的體味
燈就更眷戀了
到處投射你的影子

你終於走了
屋內充滿你的回聲

笑和哭賴著不走

我也只能離開
買一張不知名的站牌
讓偶遇在穿行中錯開

鐵軌

傾倒的天梯
依然探索旅程的未知
前方的霧是墜落人間的雲
招引悲歡的遷徙

生命的過往一廂廂被載走
年少勾住年幼，年老勾住年長
青壯歲月在熙攘的月台尋覓
上車下車的自己

每一聲氣笛都是叮嚀
穿透車內車外的眼神交纏

打著聚散難分的結
直到，奔馬的鐵輪敲打出終止的哀歌
離別與相逢，輾成平行的界線
枕木一節節區隔出昨日的今天

每一次調度，從不
失之交臂
總是，再啟程已東南西北

而我總是，聽不見
那輾壓過我身軀
被囚禁於一個個連體牢籠的
喧嘩與歎息

讀一本詩集02

陽光踩高蹺過山丘
一腳森林一腳河流，顛簸
一閃神，光陰自胯下鑽過
我讀不完卷一，急著翻頁
撞倒一片積雲
洗刷期待心情
前赴卷二人間的筵席

划拳吆喝把場面炒熱
你的筆尖登台唱歌
幾句忘詞被淹沒
反正敬酒頻繁誰記得

隱喻多加了鹽，推給誤讀上桌
一串言不及義在門外放起鞭炮
掩飾出錯場的斷句
離題的敘述，以及湯湯水水的意象
好料自己撈自己找
海鮮混肉鹹中帶甜勾芡一點酸
讀進心裡吃入肚裡一個樣
總能撐一艘小船

最後的藏頭詩
斷崖處處，遺失幾個字
勉強在第一列第二行或第三行某一列找出
補丁藏寶圖，就這麼呼攏
靠閃閃惹人愛的招牌
精裝的封皮與頻繁的簽書
高登銷售排行

風之詩歌

風測量，二地的間隙
以弦抽出，絲的滑音
邀歌聲填詞
飽滿的音色，ＰＫ了鳥鳴
以及月光流水的競技
星的風鈴，撥響簷滴
穿堂的簾輕聲和著

我留給妳的不是嫌隙
縫縫補補的針線依偎
我留住妳的不只是晴天

遭雨褪色的傘
含住陽光

而我的遠行，總在風起時
漫天花葉舞文弄墨
留給妳一首首
賦歸的詩

星星之筆

星星掉下的地方
是水，不只冷卻
汽化深入腦髓

深挖的煤礦
煉出域外金屬
煉成穿梭大氣的筆尖
意外書寫
一節上下一節
太虛來回

光之船

黑暗並不可恥
只是，盼望著光有時做伴
也許照進鐵窗
也許對比更高，著色更深

我們一直懷抱夢想
一個蛹，或者，將破殼的蛋
學習點描法，一幅畫一個框
光在筆尖下雨，雨落琴弦
急驟而悲傷，勾串成網
遠眺的眼中凝固淚光

單桅或者雙桅
一張兩張帆，以三角計算
一個仰角減去另一個仰角
留下俯瞰，以海鳥的高度
眺望疊著眺望，以氣流墊腳
以風的翅膀

爭執與失望，留在岸上
不能啟齒的，碎成斷句
蒲公英般漂流
流向背對背的三方

我的舵，瞄準缺口
光是座標，拉開迎風的帆

透明書（轉眼）

掘自黑暗礦脈
一字一句敲開水晶
眼睛吞下光
吐出煙花瀑布
匯流月牙泉，撕破黃沙
沙沉為硯，泥浮成墨
磨一池混濁
池魚擺尾書法
臨帖幾幅人生
海市開盤，推出蜃樓
你預購多少階層

竄高摩天，伏低成塚
翻轉萬花筒

讀一本書，穿透肉身
貧瘠沙礫著腳印
幾滴綠洲
逐漸乾涸於不斷拓展的荒漠
太陽緊追身後
烤焦書頁
文字終化煙塵
吸入冥想幻境
留得幾行星的光芒

生活詩

「生活中不只有詩」有人說
陽光斜照，每個存在
都是光陰

樓台亭榭，春光匆匆一瞥
柴房茅屋隱入一湖靜
藏多少詩，寫不盡人生
而我只想以詩打磨陰暗面
浮出一些繁華與凋敝的光

「生活多少詩」你說
如何稱斤論兩，找零再花光
市廛如浮塵，漂流於街廓的光河

柴米油鹽醬醋滿船
橫財如浮木，擋住的是鏡花水月擋不住的
載不動超重的失落
垂釣一季空無
我隨手採買一些詩的素材
淨口茹素
往詩裡敲鐘，擊響暮鼓

「生活總是詩」我說
順河進了森林，兩岸拈花
撈些枯枝靜悟
河自人生流出又流向未知
以枯枝的分岔再合流
春花咭咭的笑
夏風暖暖的燒
秋葉離離的舞
再讓冬雪，一句句一行行
刷一生空白的詩

詩的鏡頭

焦躁急驟的腳步聲
層層堆疊起鬆散的階梯
只見人上人下
不見回頭
階梯積木般瞬間震垮
這是詩的捕捉

檳榔汁在口腔內外，噴發
血的煙火
小販誇大的吆喝
插入酒店圍事的三字經
廟會式的聚攏

台上是選舉的乩童
口水噴天都是空包
這是詩的定格

迷霧森林是巨獸的口
典雅婉約吞入
吟哦感動的殘骸吐出
鏡頭伸縮間無法定焦
一張張模糊難辨的照片
無法按停的列表機
不斷的嘔吐
是詩的連拍

透明書（冥想）

文字自書頁間列隊出走
在你冥想的草原圍築森林
你細讀每棵樹每枝草的名字
卻遺忘林外
繽紛起伏的花海

原來，飲過孟婆湯的今生
無法洄溯前世幽暗的潮汐
墜落無明的漩渦
所有根深的記憶早已崩解
所有林中的迷霧演繹你全然的陌生

耳邊響起的歌聲
倏忽間在山谷重重疊疊的迴響
暈眩中的華宇坍塌了
錦衣碎散了
前導的燈籠熄滅了
你在密林深處悠悠醒轉

吸進漩渦底層又被猛拋出來
那心中明滅的燈
逐漸點燃
你不再仰望周遭的巨木
也不再俯視足邊的小草
林間的風吹起時
如書頁翻飛
所有執著於人間的文字
四散飛揚

風讀著自己，讀成一部
透明書

自島嶼北端出航

1

陸路的藍調太憂鬱
我把座標繫在海鷗翅膀
準星般射擊

2

島外有島，小小的基隆嶼
鯨一般沉睡，也許
浮在海上哭泣
地球海的拋棄

3

浪將海打開似一長卷
我出航的船是一匹踽踽的馬
海的旅程橫掛
像長長的清明上河圖
逐漸匯集的人聲在左舷一波波拍打

4

海豚追問浪的方向
遙遠的沙灘沉默
山巒代為回響
可那不是我追尋的港灣
雲被著急的風扯滿了帆
帶我往更壯闊的遠方

5

雨在遠離的港外廝殺
浪把鼓聲擂得更助威
我逃離潮濕的魚腥味
逐漸把舵朝向
紙醉金迷的台北

6

我只是，想把沉落的盆地舉高
讓他眺望光速的世界
只想將閃電插進沉睡的城市
讓海上的雷，驚醒夢底層的昏聵

7

短暫的旅途繫上纜
釋放出海的胸襟，鯨的吶喊
當我解纜

載走和載不走的晦暗
散給藍天化為甘霖
沉落海底為水族的口糧

一線牽

鬢邊的斑，反白髮絲
額上的皺紋絞入
歲月細細的捻
搓成傳遞的線
上頭綁住下頭
三代攜手，編織
說人生海海，撒網
生活的影子老去
光猶探頭拉拔
一些活跳的小魚

小魚缸，怎麼都游不出去
河在玻璃缸外彎曲
世界正變形
咬住線頭甩出去
跌落的都是陌生
尋找的正剝落
紅瓦屋被淹沒
熟悉的水草坑坑洞洞
傷了鰭的粗礪

下游逆流
沿一條垂落的線導引
那些髮絲，猶絞入細紋
冰冷的額上
是否，仍有歲月的斑
在破敗的廳堂

漂流瓶（幻境）

天空，有魚群在騷動
追逐誘餌的白雲
在如鏡的湖中

是我漂流的盡頭麼？

沿河而下的風景
拉扯城鄉的距離與高度
不斷架構出
四季換裝的伸展台
將二岸注視的目光收攏
寫入瓶內的信中

待寄，流浪的風

或許，一尾探出水面的游魚
解開信中的謎題
旅程在風起時
終點在海角隱沒處
神龜與人魚聚集的祕境
瓶蓋的封印化為序曲的前奏

磅薄的交響詩
將掀起層層疊疊的巨浪

輯二

旅行帶一罐糖

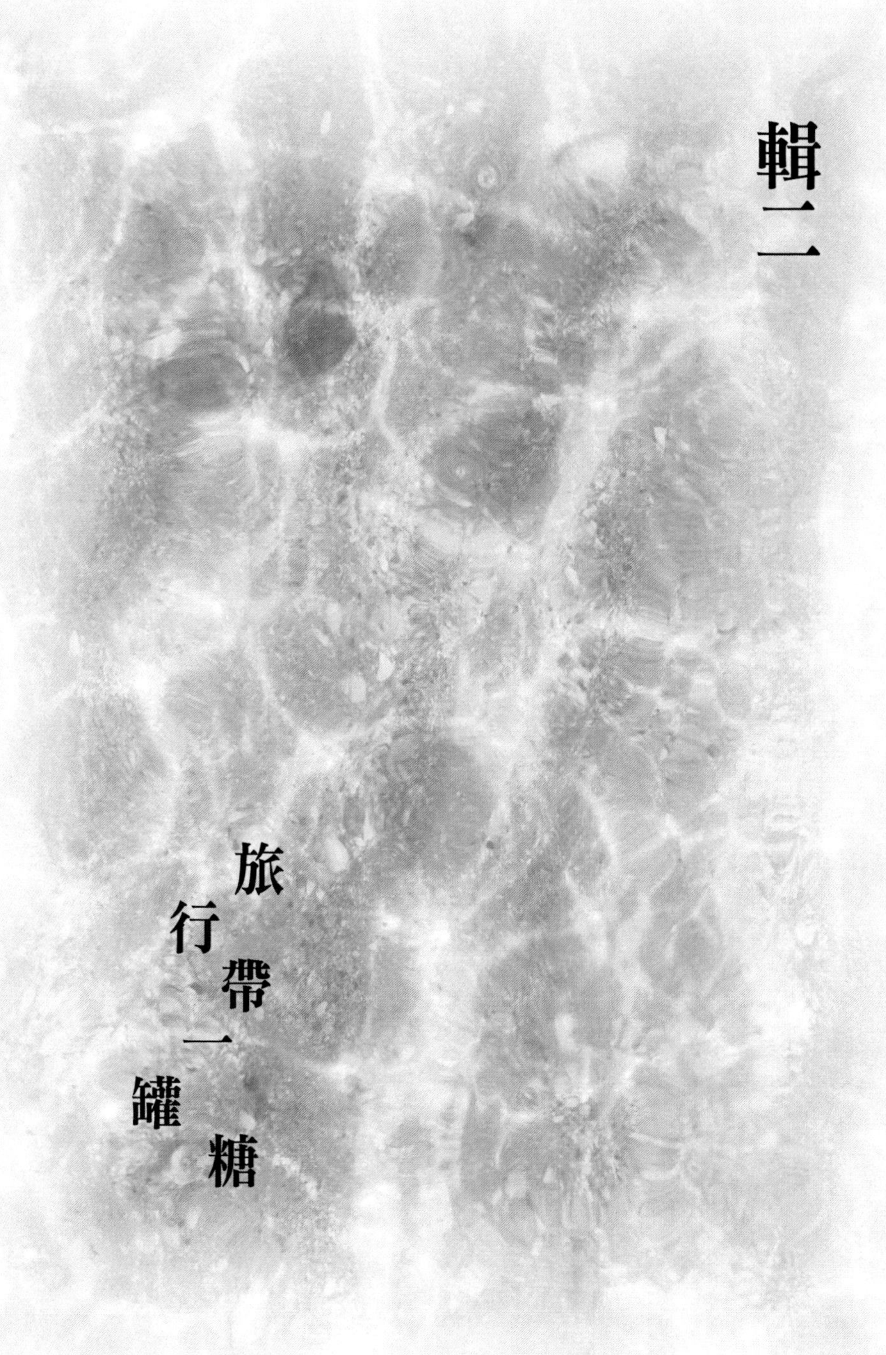

旅行

若是紙鳶
就絞斷線
若是桐花
就跳降落傘
蒲公英是空中的漂流瓶
你的心情捲成詩裝入封印
讓風帶著你的緣分去旅行

帶著別離去旅行

因著妳離去
我輾轉收到旅行的邀請
妳來不及摘取親種的熟黃
我收割稻穀
放入我們共同的米倉

行囊裝進妳的詩集：
〈我向遠方借一對翅膀〉
一些引喻飛雪花園
一些歧義彼此築牆
我終於遺失妳眼中的方向

「我要帶著別離去旅行
沿途留下髮香
柳樹垂下絲帶
山丘戴上寬邊帽
順河而下的吉他
燕子唱著我寫的歌
來春若要尋我
詩集由你拼圖
我在迷宮深處」

所以我合上詩集
夜讀星光的訊息
帶著相思種子
放飛妳插圖的紙鳶
流星墜落的地方
亮成妳的眸光

回首我們分離荒蕪
此刻，只願耕耘他鄉

慢心情01

登山火車是蠕動的蠶
靜靜啃噬山腰線的桑葉
吐出的絲緩緩揉成一團
描雲細繪煙嵐
當你遠拋山光，投擲水色
焦距伸縮，快門瞬間停格
心情慢，慢

一如閱讀，翻頁
時光長廊登高，加厚
文字一一下降
穿行尋找過往

曾有心動的素手夾進紅葉
你青春駐足，二十四頁酡紅臉龐
含苞的戀，欲開不開
心情慢，慢

轉眼穿過山丘，露出隧道
正午豔陽，中年普照
適宜採摘茶菁
發酵揉捻烘培品嘗
一杯茶色沉澱春光
淚與汗沖泡都潤喉
此時輕輕靠站
來時路層層回甘
心情慢，慢

慢心情02

1

一聲慢，回聲大喊
前路荊棘，你繞路或者持刀
我等在這裡

2

一步慢，曲水流觴歌軟軟
所有轉折
月光貼出燈謎的影
你得用歲月拆解
每一個錦囊

3

一手慢，詩句阻塞豁然開朗
狼毫最宜渡河素萓
幾顆星微笑落筆
雲破月出場
湧出長篇浩瀚

4

一眼慢，煙嵐蒙住疊嶂
山水放慢太極
起勢雲手如封似閉
你對坐，青春吐納滄桑鼻息
瞇見禪意

5

一思慢，白髮蒼蒼
每一根都成熟詩行

無須染黑
黑窺不得人生殿堂
你盤腿熄燈
光透座下蒲團

小女兒

秋天的陽光是愛撒嬌的小女兒
每一個路人都投懷送抱
手上臉上嘴上
親一個個發光的唇印

循序移動的車潮
是草地的羊群
紅綠燈閃爍牧羊犬斷續的叫聲
交給號誌的牧場主人執行

整座城市愛憐
躺成一張書桌

高矮胖瘦的房屋，不是積木
是小女兒練習手指的拼圖
進度是捷運
每一塊拼成的圖形
到站下車，上車往未完的缺口前進

直到一朵雲，扮演夜的粉絲
將開始瞌睡的小女兒
推呀推落山頭
哄唱一首搖籃歌
睡吧寶貝，星星為妳點起小夜燈

詩集

編自己的詩集
你面對一張張臉譜
或者偏愛隱藏的面具
總得洗淨，或卸下
像暴雨沖刷石上青苔
像曬暖的被，可以重新覆蓋

每一顆珍珠都排開
瑕疵的挑出來
每一塊布都剪裁
合身而體面
過去慢慢搓細現在

開始引線，串成項鍊
開始熨燙，每一條稜線

終於布置舞池，讓每首詩跳舞
輯一輯二輯三……循序進場
封面很風光
不要排場，只須精緻

家庭舞會，你上台致詞
首先介紹自己，從前從前開始……
貴賓送來敘文，像賀詞掛上廳堂
像自己照片貼上手札
一一展示

你開始唱歌，一首一首
都是歲月堆疊的樣子
悲歡鋪陳底蘊

嘆息伴奏笑聲
緩緩擦拭每一雙漸紅的眼眶
靜靜蔓延的潮濕

有些話晾在曬衣繩上

那些流浪的路程應已關閉
洗淨的布鞋，在繩上邋鞦韆
兀自滴汗
風將隔鄰濡濕的襪吹脹
往鞋靠攏，似乎急於穿入鞋內
繼續未完的馳騁與跋涉

而大衣飄飄吹成圓弧
落入冬夜的長巷
護著妳蕭瑟的髮梢
瘦削的雙肩

二顆心擦撞的火花
點燃爐火的溫暖

一件襯衫，一條長褲
套進朝八，扣住晚五
袖口挽起
加班至月光塞進領口的深夜
拖著乾癟的影子回家
紙片般滑進床與被的間隙

一件套頭毛衣
只能手洗
妳一針一線勾入愛織入深情
我最愛，讓它套住
讓妳一輩子不厭的洗滌

煮一杯咖啡在午後

黑在昨夜
被清晨起床的期待磨碎
哽在喉中的，不能啟齒
飽含香味。等著，午後特調的
情瀾翻飛

妳的黑髮牽著白衣
繞著風的調匙轉圈圈
二片紅唇的蜜含住
如弦的杯沿，拉響春天

神話的煙描出巨人和飛毯
願望實現

妳緋紅的杯耳輕輕勾住
我的杯耳忘情傾斜
加溫至沸騰
小心燙傷，這午後的醉

曾經

曾經，背對整座森林
只為了，放流一艘小小紙船
二顆心，疏通上游下游的淤積
以及氾濫
摺疊的心事
微風輕聲朗讀
避開群樹柵欄
不用轉彎不用探頭
原野拉直，引渡
花海的潮汐
在日夜的季節裡
顛來，倒去

伸手，自陽光掏出雲隙
織網，去套，去框
約束髮際逆光的閃
素白裙裾的芒
捕捉雙眼的快門
甜甜地按一個讚

妳不知道

不知道的事
如何打開記憶的鎖
太陽不知雲何時下車
雲不知道風的車班時刻
妳不知道我何時遠行

其實
我寧可開門關門間
有許多分身
一些遠離
一些貼近

妳的眼神
怎麼晴天就起了霧
花隱在裡面

也許，妳依然不知
我放逐了遠行
留下光
只為了再看一眼
含露的花容

我們未曾年輕

我們未曾年輕
春光已摘下花朵
壓入，消逝的日子如書頁
一頁頁翻找，濕潤的曾經

寬邊的帽沿
阻擋陽光的髮梳
請勿細數，風來時一片流雲
帶來微雨，帶走晴朗的踱步
歌聲在和弦中飛舞
裙裾背著光，青春的眼發亮
山築得更高，水開拓更遠

交叉堆疊，缺席更多的起步
被轉黃烤枯
的秋夜燃成蒼老的昨日

我們開始撐傘，開始
讓墨色在雨水中沖淡
學春風摘花，浮貼
在漸去漸遠的黑夜把晨光撐開
花香乘著陽光飛翔
搜捕迷蹤的蝶
蜂湧搭起六角的城堡
遠眺雲揚帆，草浪翻湧潮聲
風催行，因我們未曾年輕

好久不見

點一杯紅酒
微醺，夢境的列車迎面撞擊……

好久不見的杯墊紙藏著心跳
紅著臉頰
讓侍者捧到妳面前
像船輕輕到妳心河靠岸
當妳回眸
我背影是已解纜的風帆
讓翻動的微浪捲向妳

電子情書

把忐忑，烤成微焦
急著塗上期待的奶油
幻想的果醬
那是昨夜綺夢下廚的早餐

鍵盤以馬蹄
達達馳入螢幕的草原
日頭偏西

彎月，搭弓，射出流星
向妳網路遠端如霧的花房

螢幕逐漸露濕
寒氣微透

每個回叩的字
叮叮咚咚下起冰雹
擊碎，花了玻璃鏡中
僵直的臉

千里風塵

1

我的名字
是妳念念不忘的動詞
浪跡千里，風塵收束
急急貼近妳的
一胎雙生的名字

2

割過煩惱絲的秋風
也收割一袋袋飽滿的存糧
鋒面南下
封住秋風的嘴巴

風雪吞食糧倉
也沒收春的號角

3
我把凍傷的唇
浸泡思鄉的烈酒
讓鄉音逐漸融化
歌聲點亮山徑蜿蜒的風燈
抑揚頓挫著山脈的起伏
家是唯一的指揮棒

4
如果流浪
習於被腳印日記
我掩埋的情傷
被尾隨的昨日偷窺

一如層層捲開的
裹屍布，躺在迷霧的津口

5

醉過，才想念溫柔的味道
嘔吐是為了清除遮月的烏雲
像風雪趕路
只為送上團圓的爐火

6

有些流言被懸掛
於樓頂的鴿舍
每次揮動，和平紛紛落下
苦難被風乾成一則謊言
栽種著溫室的草莓
若鷹隼群集
流離失所才真的揭幕

7

愛是一座劍山
插滿花的美麗
卻隱藏了刺
你要一盆東方的含蓄
還是西方的豪放

8

舌尖，也許是蓮花化身
也許是酸甜苦辣的廚師
不，她是陳年的女兒紅
只想舔一場
春雨的震顫

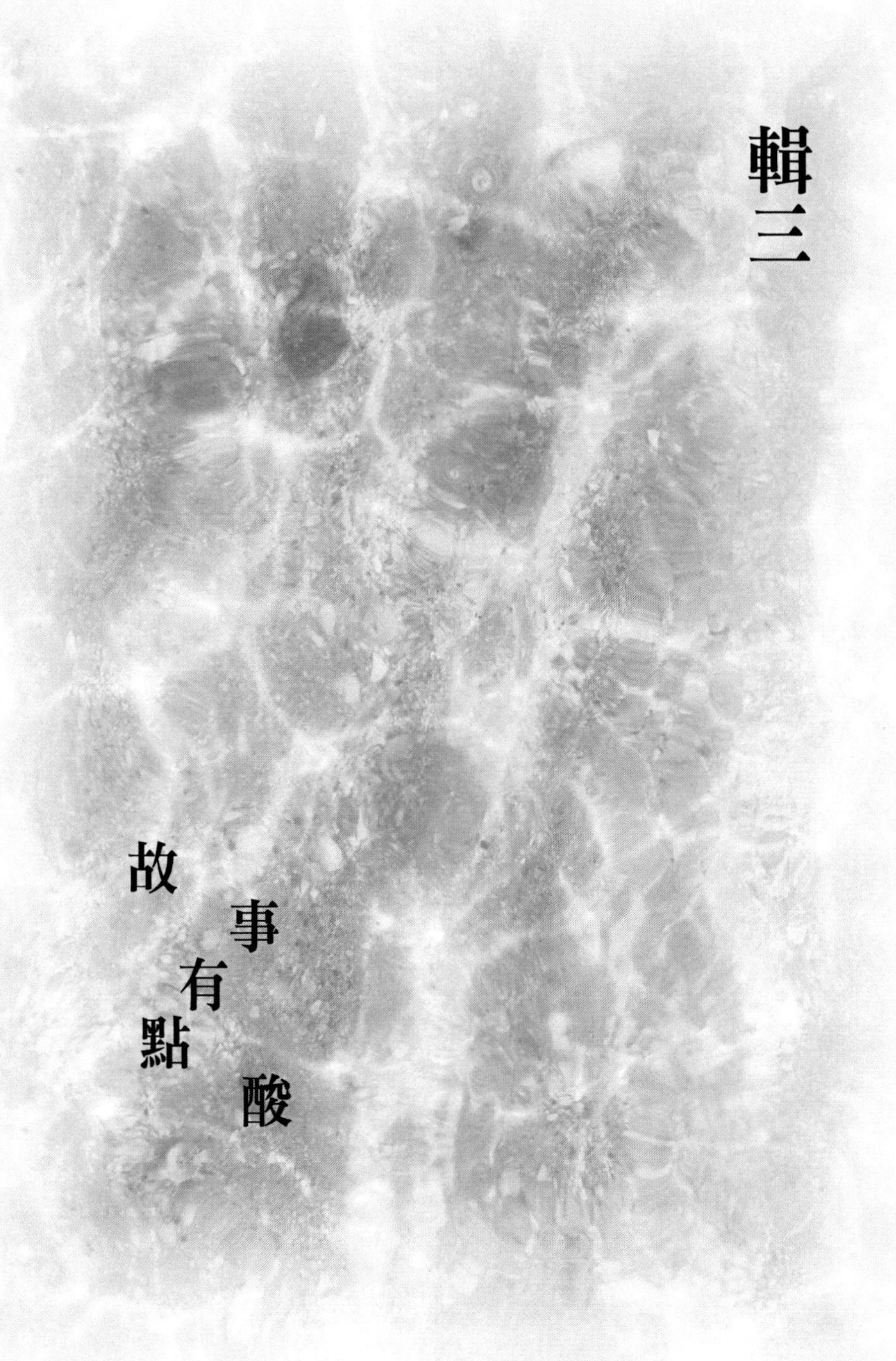

輯三

故事有點酸

背離的擁抱

如果，貼近是為了撕開
碎裂與陷落
是冬把整條河的開鑿交給春
危險的警語我忽視為歡迎牌
雪花貼成的面膜
被逐漸回春的皮膚掀開
背離轉回頭竟成為擁抱

再一次借光走進妳的幽暗
火種來自妳黯然的眼
我踱蹀的心情巍巍點燃
妳眸中逐漸發亮

探索的階梯引我步向
自囚的柵欄

而妳深入我井中僅剩的星光
汲取我逐漸失溫的冰涼
以妳失而復燃的體溫

摒棄曠野裸程的飛翔
妳關閉我我囚禁妳
十指互貼，思索在掌紋中滲透
交疊的渴望源自滴落的體香
即使現實的刀鋒薄薄切入
逐漸連體的雙掌

之後，春風擁著楊柳淺嚐一池佳釀
我遺漏了妳眼中

因空曠凝聚的風暴
猝不及防

妳轉身將我放逐日夜接壤的邊域
許我劃地一方，小河一疋
醮著星光，書寫坎坷的過往

而後歸來，數不清第幾夜
雪已融盡，只剩月光銀白的偽裝
騙取那搖晃著我們
曾經貼近又仳離的爐火
將一切的可能燃成灰燼

我歸來又離去，離去
又歸來躲入妳隨風的陰影
妳的門始終關閉

妳關閉，因青春飛逝的快馬
載妳奔進聖堂光芒
妳擁著的幸福
散落在秋收的麥田
支解的稻草人
與盡撤守軍荒廢的堡壘

我的魂魄始終，追逐
隔著護城河喚妳
歸來，儘管蒼老了第幾夜，回頭
依然是背離之後
落幕的擁抱

嘆一口氣

牆

我剝落，不善粉墨登台
時間的手，在後台
搬開逐日氧化的磚
那是我僅存的血肉
一塊一塊
粉末水泥與沙的防護
我只是一堆棄置

土

那些碾壓過的輪印
一節一節

斷了脊椎
我厭倦，鞭撻或者灌水
想抓住根，攀爬
向天提出告訴
終判為樹
一把火，燒成灰燼
又囚禁成土

種子的渴望

逃避汙染，你走向山腳
攀上山巔，擎一支火炬
照見自由的影子

「火焰終歸熄滅」你想
摘一顆樹上的果子
青綠而生硬，你想到播種

於是回到城鎮，走向大街
你剝食酸澀的自己
果皮置於十字路口

「讓鞋底蓋章，分送
　春的號角與秋的豐收」你想
急馳而過的輪胎貪婪舔盡
那似乾未乾一路絕塵的渴望

飛

每一階都是飛
他們說，這是臨崖的起點

登高吐盡排煙管的廢氣
可以上各報頭版版面

陋巷水溝三明治垃圾箱
我是鼠輩
暗影推開陽光刺眼的廣角
許多面具趕集的叢林
許多摩雲睥睨的偽靈魂
今天我全部踩進腳底

我飛起，以悲鳴的鷹
凌空盤旋竄高
再驟然下墜……

相逢歸降於分手

相逢往往是不經意的翻閱
一張書籤的滑落
也許是手繪，鏡頭的閃避
或純粹字與字相黏
在每段流連的語詞
或中斷的詩句
夾進，一份睽違的想念

「手是有思想的」妳說
所以擁吻在掌紋探路
一隊體溫的斥候或者
手汗的援軍

動情以食指中指無名指末指的合圍俘虜了拇指
「思想是陷阱，終歸捕捉」我說
回報妳以曖昧的笑

所以，相逢歸降於分手
降書交給腳掌
塵土飛揚中落印

圍城在攻陷後撤離
餘溫是派遣的統治
距離遙遠
等待下一次的叛變

雪流浪

1

楓紅的背面，凍著雪訊
一葉之隔的冰火重奏
一座巍峨山嶽的陽坡陰坡
我掌中燃火，妳髮上雪色
一座雪崩，一條冰河裂解
只因多年暌違了妳我的相逢

2

就斟了這杯
融雪的火
丹田中蓄積淬煉

噴發的慾望
一隻死而復生的鳳凰
一聲長唳
喚醒熊熊的雪色森林
只為了挖掘，拓印
那層層疊疊旖旎的一雙雙
相擁而眠的腳印

3
異地的冬適合瑟縮
適合一管蕭朗誦一卷詩集的破落
以嘶啞的嗓音
撕裂懷人的月色
妳是一盆火，在離鄉時刻
說取暖是一夜別離的刺青
沾染血色，雪色
唇與眸的對位，拉扯

讓我痛飲窖藏的追悔
歲月留長鬍渣，每一根
撚出一段無法開口的獨白
以雜亂無章的吟誦
以凍住的淚光
遺懷

季節別離

退潮吐露妳濕潤的心情
沙地端出招潮蟹
我聽到妳內心的琴弓輕輕拉響
流浪繫在雁的翅膀
一彎弧如飛梭
沿季節的邊線飛出又迴旋
天際的雲紮成舊行囊
每次遷徙都帶不走的悲傷
我收割了弄潮兒的飽滿
火的溫度逐漸下降
我們斜坐的影子交疊互換
下午深濃成黃昏

出海的河口泛紅
別離的拋物線落成揚帆
掌紋中互相探索的航跡
沉默鳴著汽笛
無法交代
靠岸或遠離

謊言

逼退的黎明
求助於夜
妳暗沉的語言
被光切開
溢流的淚水向我襲來
我是不斷撞牆的風
失掉季節的方向

塵埃，與凌亂的腳步串供
時間的修正液
侵入耳道
將記憶塗白

重開機的視窗
一頁頁往前翻轉
草原的風吹出螢幕
濕意漸乾

學生公寓

房間一：

日子是晾在後陽台的汗衫
已經被扭乾了還
滴著淚水

他抱住提琴像抱住
剛剛遠離的女孩
用生澀的琴音
來回擦乾

房間二：

每次琴音響起

歪歪斜斜的走調
你的歌聲總能準確入檔
副歌正前進
主歌卻倒退
像離家時，你的搖滾嘶吼著
理想與現實的對決

客廳左：
他的畫，是海浪
從房間漲潮至客廳
像漂流木
在水面畫著不同的流派

他的五官印象著莫內
頭髮炸成梵谷
臉龐因熬夜立體出畢卡索
他半夜點燃夏卡爾的光

尋找達利最後的「燕子的尾巴」

房間三**：**
牆上的影
一排湧出，一排吸入
舞台拉近再淡出

他將三個月的拍攝捏成伸卡球，投出
再用雙眼緊盯的捕手，接住
生命一格格跳接
青春一節節敗退
像負重的蝸牛
以稚嫩的觸角
探索未知

夾層：
他讀詩，讀成挖空心思

填入夢遊的沙包
讓現實一拳拳重擊入肉

他寫詩，在天空與懸空的地板間
用筆桿支撐
釘不牢，感情的基礎

「我要金黃收成的土地」她說
他把未寫完的詩揉成一團
塞入口中咀嚼
「我可以幫妳種植」他說

註：「燕子的尾巴」為達利最後的畫作。

雨中，火的記憶

傘，是雨天的面具
城市成了熙攘的派對
街道交錯成偶遇
我們張開翅膀
互相擁抱取暖
尋找，淪落天涯的火的記憶

雨自高聳的帷幕頂端
落筆，透明的思緒
藤蔓爬滿玻璃
妳的氣息重疊我的氣息
畫圓，封閉

我們遍尋不著窒息的出口
逐漸，聽不見呼吸

蛛網在簷下，撈捕失落的水滴
昨日以前種種
浮出水珠表面張力
放大審視，糾結的網線
錯誤的起點連結背離的終點

城市總是，矗立連袂的高樓
隔離疏遠的心
我們被縱橫切割成
無解的棋局

晴天，陽光將臉照成離枝的枯葉
再撐傘，拒絕雨的護膚
我們行走都戴著面具

每次擦肩撞成更遠的距離
每個背影，用遞增的遙遠
將火苗捺熄

舞劇

寂滅千年
灰燼，被偶然的照面撥弄
星空見證，星光是淚
淚是亙古等待的火種
被交會的目光劃燃
在夜與黎明的交界

逐漸燃燒的你的忐忑
前進，是闇夜
後退，即是晨曦？
或者……

琴聲是生滅的逡巡
每一音階都是惶惶的探索
深淵，如臨
薄冰，如履
最怕，戴了又卸卸了又戴的面具
敲碎
最怕，轉身遠離又回首靠近的火燄
紋身
荒蕪的枯木，一段易燃的情傷

舞步旋起，幕是開啟或
垂落
在旋轉復旋轉的樂音中
猜謎

等待最好是不等待

感覺沒有盡頭就是累
轉彎回到午夜的站牌
月光冷冷的將人壓縮
影子互碰彈離
故障的街燈
踉蹌著夜的腳印

你收割脫軌的意外
那些回不去的遊魂
齊聚最後的班車
失落的空位，被風占著
輪痕來來往往

離去忘了回來
等待最好是不等待

試溫之外

影子是關不住的
光在背後推，一個踉蹌
階梯轉折藏著陷阱
這光怎麼偏暖
止水瀲灩，慢慢增溫

來去相疊，沿著沙灘
二行歪斜的腳印
追逐夏的清涼

妳走入我，以風
微微綻開花瓣

離去將落葉串成風鈴
沙沙叩響

我們的距離越長
索愛增強
貼近又燙
清醒的網格過濾暈眩的光
把影子剪亂
像過季飄落的花瓣
也許夢的泥土
適合葬香

旋離之舞

逃離應是一支箭
或直指遠方的翅膀
而夜幕冉冉上升
舞台上，月光圈成牢籠
囚妳於不止的迴旋

赤足是一分許諾
飛躍是掙脫的決心
只想將溫存過的地板降溫
卻在每次落地
重拾忘情的吻

無數的燈光聚於一身
一揮手，一彈足
舞成透亮的玻璃心
易碎，易滴血，易於看穿
旋離只是舞姿
剪貼於牆於幕於觀眾席上的掌聲

秋離

走過夏天，沙灘足跡
逐日被浪抹平
陽光的喧嘩，一些歡笑聲
紛紛跌落，成就一只秋蟬

進出松林，燃燒乾樹枝
燻黑彼此的青春
記錄一些掌紋
未知的命運枯黃了楓葉
一如靜坐等待
一些不安的情緒注入
逐漸脹紅的綠葉

然後站起，互贈一朵黃菊
然後背對，一瓣瓣數著暗藏的心事

「秋天是最好的離別
離別是最好的收穫
稻穗和稻草分開
才算豐收」
我們剎離重疊的影子
夕陽一會兒在南
一會兒在北

穿越霧與冬雨的舞鶴

朦朧情事
散入霧中的水氣
清醒的風一陣撥開
重重心事，復垂簾走來
一聲嘆息，潑了一地的覆水
難收，在霧中梳理的羽翅，展開
歸程在揮淚的濕漉中
霧，穿越了霏霏冬雨
愁依舊，依舊寒
依舊獨立起舞的鶴
長唳喚開了幕
星光將露水沾濕舞衣

展翼飛起
隨掌聲起落的憂鬱爆開
琴音紛紛墜落
揮灑的掌紋
如水漫歌，如淚
掌聲如潮，一波波
自劇院的通道湧動
一隻鶴
自弦樂的波濤中
翩然起舞

被喚醒的

被喚醒的，印在枕巾
等著轉頭時撥響
在沉睡之後
墜落好深好深的迴音
在失眠之前
織成發光的網
聲音罩住，無法睜開的眼

耳膜振動，一些鼓聲複沓，前進
一些叮嚀，斷線
大珠小珠落滿窗前
沿窗櫺釘住，固定夢中的翅

塞住門縫阻隔
求救的囈語，潛逃的夢境

被喚醒的，反覆擦肩
霧，簾般垂掛，隔行
妳我行走其間，腳掌向前
輸送帶，勒住脖子，眼光直視

再次被喚醒，四眼相對
擦不著火花
「我們存在某些落差」妳說
而我願走下台階，攙妳
而妳願墊起腳尖

相忘第幾夜

因為太深刻
這鑿痕深入骨髓
沿著動脈將心掏空
塞入滿滿的思念

而思念是必須制止的
像沉睡的火山
火山腹中沸騰的溶岩
不能毀滅的噴發

蓄積著太陽的暴烈
時間用等待降溫

等待月光，以夜的噴泉冷卻
等待風，將飛濺的水珠吹成漫天星光
閃爍是欲說還留的願望

槳是逃離的翅膀
逃離妳千頃浪的挽回
洋流也不堪

妳的臉
因陽光剝落而塗上厚重雲層
妳的蹣跚
因月光疏於舉杯而痛飲
樹梢嗚咽的風

訣別無須合葬
遠行於妳於我
單線有斷崖，雙線是兩岸

妳在崖下沙灘
我在崖上海線
陌生的夜，如海
湧立，如牆
牆是空白的目光

放逐

醉酒拖著沒有盡頭的腳掌
不堪回首的砂礫
鞭撻彷如隔世的厚繭
晃入夢與麻醉搭建的急診室
放逐的手術刀等著
切開，失憶孵出的腫瘤
分流，瀕死的膿瘍與貧血
佔領沉睡的床單
然後，遺忘

入境

每一個入境的臉孔
都亮著一盞燈
波濤的人海
尋找一雙眼睛的對照
像一張張剪紙，鏤空
各自貼上急切的輪廓

時間鬆了線頭
距離拉扯不回
就霉著，攀上鋼索
腳印錯落，怎麼回頭？
一些問號被雲堆疊

降成雨，四處遊走
鞋子打溼，像船失了舵
像淚，濕在四月
交替的季節，接到什麼？
漏接什麼？

人群亮出紙牌
尋人啟事可喚得回？
二端舉起紅布條
歡迎凱歸，守候偶像
還有求婚的廣告
尖叫聲，預錄的獻花和吻
吸走錯失的眼神
一班散去
一班又擠了進來

出境

遊魂似的飄在櫃台
證件遞出空白
適合邊角劃位
超重的心
繳交感情罰款
X光搜尋不到殘骸
打包著軀殼

入境原是浪的漲潮
迫不及待打濕碼頭
一如歸航的纜繩拋出
期望鮮花與擁抱緊緊繫上

而迎面擲來的
竟是刀光的閃電
一劈斷繩，斷成盲目的漂流

所以今夜適合起飛，薄霧
細雨很好，模糊了座位
適合難辨五官的自己對座
而窗潮濕，無須俯瞰
一節一節的街燈斷腸

機身爬升
失重的皮囊空飄
往夜空深墨處
揉碎，磨入

隱然之間（之前）

夕陽的沉淪壯大了影子
在海漫過額際之前
影子自雕像抽回四肢
詩編進舞裡
舞在光影交疊中朗誦詩

影子自海中蘸飽了墨
飛躍，是懸筆
行雲流水於波滔翻湧
每一次曲折的轉身
都是，臨崖的回鋒

妳弓身，四肢環抱
這城市的冷漠
不斷的迴旋
磨擦出熙攘的熱度

也許，影子切入詩裡
裹入舞裡
自月光的擁抱中刷出羽翼
影子凌空而去

隱然之間（之後）

陽光一步三嘆
過路的雲將牆上的映像攪亂
明暗交鋒
投影自闇黑中浮凸
自亮白處沉落

囚不住翅膀的空間
被轉移被拆解被
離棄，探索的赤足
躑躅於異鄉的水漚

框架在崩落
腳尖釘成錐
詩轉入舞舞轉入影
木乃伊般包裹
裹住解構的空間
煞停流轉的光陰

門內門外的進出，分格
非彼非此，進入
隱然之間，退出
關係發生在一本書的嬉遊中
天涯一頁頁翻飛
島嶼一顆顆咀嚼

星星垂下一字字詩
月光釣起一支支舞
自窗外，旋入窗內

映像中的影子自牆上衝出
隱入花葉簇擁的暗香

空落一

月光拉起風帆
久別的心，微微起浪
幾句寒暄，生硬的問候
隨著漲潮，觸礁
又緩緩回落
慌亂的眼神躲著
烏雲遮光總不討喜
我們緊抓不放又鬆了口氣

一條河，掌燈的時候經過
迴溯落花的心事
一些漩渦掉入水杯，等著

輕啟的唇沉入
下錨的靜候拉著解纜的微波
對岸的招牌偷窺
曾經謄空的座位
反照輕呼，青春遺下馬尾
甩著頭說不對

那些山崖的欄杆
心線一圈圈纏繞
星空亮出整條街
月光雕琢遠去的車轍
低溫在窗外吐氣
妳微僵的手指失神的畫著圓
卻無力地順著圓心切落
椅背後的大衣，起身，攬著妳
水杯的唇印兀自空著

空落二

1

河的蒼茫
你用占卜探索方向
不如一只漂流瓶
隨緣靠岸
寂靜捻花於喧嘩
落地
泥土報以微笑

2

雙眼登高
眾生躺在夜的街道上

閃爍
一路蜿蜒的
玉蘭，將晚春的暗香
不斷包圍鼻腔
山上的鼓聲，增援似的擎起
昨夜的蓮花
下山的階梯
矮了高處的身形
逐步，滅了二旁的路燈

輯四

人間適合發呆

品人間

把雲放下來
將窗簾拉開
幫風雨打結，止步
陽光釋放隱藏林間的小鹿
飛躍，在原野的草尖上寫詩

在風中歌吟
將竹節繁衍自己
切割成多個朝代
輝煌雲端，沒落水塘
灌溉渴望向上的傳染
化解稻草人與麻雀的對峙

在雨中淋漓毫筆
無須傘的執握
於高樓車陣中穿梭，寫意
淡墨紅塵中的嘆息，勾勒夏荷
留白人間的鼎沸，若水
落款廣場的騷動收筆

在湖上堆疊煙嵐
將醒未醒的睡意
漂流是一種輕
隱士般從容
閉門是一顆禪，孵蛋
開門是一道光，靈閃
問遍青山
荷鋤能採人生的果
芬芳於微笑中握手，漫漶

茶事

圍坐是四海或八方
茶几的圓與方
旅程中各取所需
一艘船承載一支壺
擦過岸邊小憩的唇
於旋轉的杯緣，佈施
人生在壺中鼎沸
曾是一條龍，翻雲
覆雨於睥睨
每每於秋季收割嘆息，收藏仰望
直到，雪落平原

冬無法倒帶春
海不能倒回壺
前行者翻騰密蓋的壺中
散盡所有
吐出，一輪觀音

註：鐵觀音為烏龍茶之一種
茶壺一般置於茶船中，方便淋壺
茶壺將茶倒入茶海，再倒入杯中

閒閒的一天

晨光

一陣鳥鳴磨鏡
窸窸窣窣的尖銳音
山就偷偷的
偷偷的將黛色的絲巾，滑出一角
一角就夠撩人

我的夢正酣
被漏出的光慫恿一陣風
就這樣吹醒

午後

我不是豔陽
只是隨著陽光移情而別戀的身影
一個小點是專注的守候，因為壓縮
然後逐漸拉長，想挽回什麼
日正當中已走遠
往西往往是生離
死別沒有回頭，終於
我逐漸放手

落日

落日沾濕嘴唇，抬頭蛙式
再沉下去，露出半身
宛如覆蓋一只碗
晚餐的湯汩汩流出
海就這麼浮上來
醉醺醺的紅光

夜

弦月吊掛一顆星
我說是我的心透過眼睛
夜裡讀書最安靜
風在樹梢朗誦
在草尖低吟
突來的雨別攪局
待我細細品味一些鼾聲
那些憂歡端出輕重點心
白天半熟的菜單
夜裡的床上不停翻面煎

睡，不睡

1
睡，以一種堵漏的姿勢
叫醒

2
他沒睡
只是被打昏
方便內神通外鬼

3
臥底是睜眼的睡

被搜密的人
才真正合眼

4

河要睡，月光來掀眼皮
樹要睡，夜鷩吵著ＰＫ
城市總算睡了
蛇靜靜游走
亮出街燈

5

睡一些縫縫補補
或許挽回
睜眼洞穿百孔千瘡
多少看清彼此

6

他們睡，黑暗中滿室光明
我們睡，被黑暗層層包圍

7

睡減掉智慧
我剩下三歲
那些囈語
妳別當真
童言怎說的準

8

上課不准睡
老師的話認真聽
你才了解
黑能漂白，那白不就是黑

9

他們分房裝睡
心開了針孔
彼此監看一整夜

10

森林不用睡
海不用睡
火山都假寐
睡的疆界爆滿
被明眼人占領
失明者聽到森林與海的呼吸
震驚於火山的毀滅

眼是掩，在顏與艷之間

1

窗簾不只是美化
播動心跳的美顏
腳步聲掀一線
偷窺的掩，藏眼

2

妳太艷
一身密實白衣
依然彩繪春天

3

撞牆車禍又被捏耳朵
都是紅顏惹禍
迎面的媚眼
與身旁的白眼配合

4

妳說要放飛
我卻讀出妳眼中掩藏的收線

5

繡球別亂拋
那媚濛濛的眼神一勾
水中魚兒亂跳
這網怎麼收

6

掛號，刺傷我眼眸的
不是迎面的光
是轉身的背影

7

眼紅著色二面
流淚之前
流淚之後

8

下雨了，傷裂的水庫
睜眼

9

陽關三疊四疊
妳雙眼注滿一杯酒

我一仰而盡
唉，還是不走

10
驚呼，不是掩口
舞台上震碎了
滿地眼鏡

11
一張天羅
一張地網
這觔斗雲怎麼翻
也翻不出妳塗蜜的眼眶

12
一對斑斕熱帶魚
鑽入我欲拒還迎的心湖
我小船的舵，怎麼把持

馬桶．刷

熱臉，是刷出來的
貼不到冷屁股
沖個涼聊表

刷過數不清的壞肚腸
一條條公款
一灘灘粉味
還有醉昏了出口的排泄

划拳滑出暗房
一筆筆，怕光
三分遮羞，七分包場

東窗發酵的
茅房要我們清理後場

偷戀

躲在穀倉的角落
吃不飽的肚子咕嚕一聲
害怕左鄰右舍聞聲偷窺
將稻草掩的更緊密
孵著，一顆未破殼的
戀情

漫遊

出了邊境，就算漫遊
時間開始加值
計算，讓對談的負擔加重
於是關閉遠方，齟齬停格在舊晶片
轉換異國場景
微調出從容的態度
任心情閒散

某些想念逐漸沉澱
渴望飛翔
像浮塵，漂浮於襯底的陽光
並且穿透，堆疊的心牆

幾張舊照片，困在手機記憶體
一些新摺痕，收進剛完稿的詩語言

陽光將心情灑遍
發亮的草尖，風似浪傳遞
給水仙給虞美人給
春尾巴的吉野櫻
鏡頭以行囊，一幕幕裝填
收窄，束緊
如同離鄉，妳無言收束的背影
在異鄉，種植滿山遍野的想念

地球總是圓
箭頭哪邊飛，都射中原點
將指針拉弓，向北
將所有待續
悄悄翻至末頁

兩半

圓滿的心，被月亮切開
傷口的血，烏雲來時
偷偷舔乾

總把微笑掛在臉上
社會需要圓弧，就給這一半
四處碰壁，用彎刀抵抗
剁開缺口，讓微風推進陽光
探視，半自閉的憂鬱灰暗

上坡滾不上，也曾合作另一半
嵌成舞台上的燈光

彼此使力，將劇情推上高峰
直到落幕時，分開滾落
鼻青臉腫也沒人看

只有春夜，輾轉反側
偎向雙人床的另一邊，觸手冰涼
嘴角偽裝的上彎，此時
鬆了彈簧
淚，忍不住枕邊彈

翻身左側，想著有一天
找個伴縫合傷口
細針密密
翻回右邊，自尊嘟囔
寧可是被切開的兩半
也拒絕
那窒息的遺憾

約會

天空
迷路的鴿子
飛上來，立在頂樓俯視
飛下去
繼續覓食

對話——晨觀日月潭

層巒是你隱藏的書頁
一朵划出潭面的雲
拓印書籤
標示未完的敘事

晨光未露臉
被雲攔截
水面微浪
因風的擁抱

水鳥起落於潭面
鍵入旅程的風景

漣漪擴大四季的滄桑
我在岸邊
靜坐成一株樹，一座石
你以風占卜葉的脈紋
以浪推敲堅硬中的溫柔

我們在交融中閱讀彼此
以寂靜汰換喧嘩
以心，著色所有的對話
直到夜抹去一切

秋精靈

她調皮，調色盤失控了一支筆
甩頭潑墨，花顏移植上葉的膚色
倒翻了街舞
秋風擠進落葉的行伍
再趕走一隻蝶，留下二個字
參禪的枯葉

離別想飛，掉下幾滴淚
問卜埋春的花泥，四季輪迴
這季節，團圓的是月
詩意皎潔
把酒莫問青天，秋天多變

餅未切，狼嗥已起
喚來天狗吞月

啊，這多事的颱風
總把土石流戲弄
驅趕大潮如水蛇
大街小巷游走
這人間，還怕水不深火不熱
挖空餅餡，將沙泥倒出摻和
封不了嘴巴，以層層高牆阻隔
留下雞犬相聞（啊，雞犬也不寧）

都是精靈惹禍
潑辣到北風篡位
管你火燒山林枯枝，漫天紅火
管你爹不疼娘不愛的自我放逐
一場雪，覆上

這季節排序
即將來過

風箏的想法

1
競飛
看誰小

2
老鷹抓小雞
風抓不到我尾巴

3
猜猜
誰輸誰鬆手，贏了飛

4

酒駕危險
要掉

5

我把頸子拉高
風，去割他

6

夏天中午我改名
太陽蒸

7

回憶把童年擦淡
我重新著色

8
我們都是狂妄的面具
要遮天的臉

9
你看我高，我是王
我看你越來越小
你是崇拜我的子民

10
雨天我躲起來
減肥

11
白雲被風打腫
臉黑了要哭
我貼膏藥

12
我掉下去
小小心焦急

13
別看我飛龍在天
我擔心見龍在田

14
你看不見的未來我幫你看
貼在你的眼你微笑的臉上

15
小心你的手
別把臉上燦爛的花
折了

斗笠

城市擁擠，傳說
被飛碟劫走
是的，撤退田園紮起帳棚
烈陽金箭反射成盾
一些風雨被旋開，陀螺
我挖空，是竹，劈成篾為骨
葉葉編織成亭成屋，隨首戴走
形單影隻，雨線來牽
簑衣伴我

寂靜穿越喧嘩

1

當　寂靜穿越喧嘩
張大的口凍成盛開的花
花心在喉間，鈣化
所有音符飄墜如葉
絕美回眸
眾聲粉碎

2

市集，是多波瀾的河
你划動雙耳擺渡
耳道的鼓膜張開手

撈捕沙石與汙泥
揉捏成放流的梵唱

3

二山之間的鋼索
棄了平衡桿，屏息
深怕脫口而出的驚呼
引爆流星墜落

4

棄甲歸田的戰士
在夢中尋找純真
戰慄的血脈
自屍橫遍野延伸藤蔓
血紅的荊棘刺入心臟
崩潰的驚叫粉碎了寂靜
夜夜喧嘩如浪

5

陽光善於鼓動灰塵
善於，點燃夏日的火種
午後的雷，傾盆醒酒的甘泉
洗淨的大地，報以如潮的掌聲

6

憤怒的黑巾蒙住雙眼
破釜一擊，沉舟
漩渦捲落，無聲

7

酒宴鼎沸的揚塵
耳朵無法呼吸
拍岸的浪席間退潮
退回密林湖泊
無餌的垂釣

8

候鳥南移
只因風雪的刀兵
且眷戀於原鄉與異鄉的聯姻
迎來送往的春秋
藍天為底，落款西風的詩句

9

年終用餅模，捏出喜氣
返鄉人潮
被採購的人龍捲成火藥
跨年夜炸成燦爛的煙花
年，渡過蒼桑的河
也划過憧憬的夢

10

廢墟的貓爪
探向黎明
空曠的眸中
遞出尋覓的火把
當蛹開始撕裂
聽到撲翅的春天
自洪荒
震動熙攘的市街

11

是一座橋
忘了讓雜沓的鞋印留在彼岸
這幽靜的竹林
月光掩映的茅舍
一疋朗誦被弄縐
如水的靜坐受汙濁

甚至，被多嘴的風煽火
煮沸

傳說

霧來的時候
森林化身水草
漂流於視線的河流

妳踩過的台階
都是以水相鏈的瀑布
沖刷妳的深淺妳的足踝
出水的游魚濺開
小水花撐起一支小花傘
妳的心情我明白

野兔豎起耳朵
眼珠打出燈號
小鹿亂撞躲藏
心是幽閉的凹洞
以枝葉覆蓋，且噤聲

我把松的高大，遠眺
與天比高的心縮小，再縮小
一棵銀蕨，滿地松果
遍生的蕈菇靠近妳的鞋
攀上妳的肩落滿妳的髮

我將載著妳奔入迷霧森林
請坐上我的背，圈住我的頸
我是被妳深深誘惑的獨角獸

吻二行

1

一行怎麼夠

二行疊上二行，方便攪拌

2

吻是一面牆，酒駕之後

殘破與死亡

3

你揮揮手，影子鐘擺早上正午與傍晚

陽光吻累了，變換三個姿勢

4

一直吻，雨收不住口水
簷滴溝渠土石流，氾濫

5

小水族，怕蟹螯的吻
蟹螯，怕你張開的唇

6

輪胎吻別的泥濘
路面淚二行，好難

7

冬夜，床與被的雙唇
吻住，不安靈魂的夢

8

每次，屁股吻過馬桶
刷子鑽入水，補上喇舌

詩家書

每天都開船
舵吻上浪
航跡迷亂海的意象
一句出港寫
一節碼頭接

每天一首詩
隱喻收束
一管筆煮沸，冒泡
挨家挨戶方格的門
敲

光自門縫推出
點描霧及雨絲，構築
夢中的虹擺渡
詩寫兩岸家書

窗

1

你呵氣成紙，浮水印出
指尖畫一顆心穿透
讓雙眼遠足
卻把躑躅的腳步，禁錮

2

啊，我只是框
裱上四季的彩繪
成我構圖的想像

3

夜，磨一面墨鏡
夢起床
自反面掐住你的醒

4

一扇窗被關閉
你打開傾聽列印
用心跳敲鍵
著述失落的風景

5

翅膀掉落的羽毛
散成風
依然撞不開這牆的透明

6

快門一閃
洗不出清晰影像
開開關關
尋覓不可能的遺忘

7

時光庭園
以幾何圖示演算
古今難解的窺
倩影明暗
在花葉間掩映

8

被晨光敲醒的失眠
都是關不住思念的窗簾失職

9

陽光不是自由
提供你的只是張望
以鐵架框
橫豎都是刪
斷了你雙眼的翅膀
塞給你黑暗一方

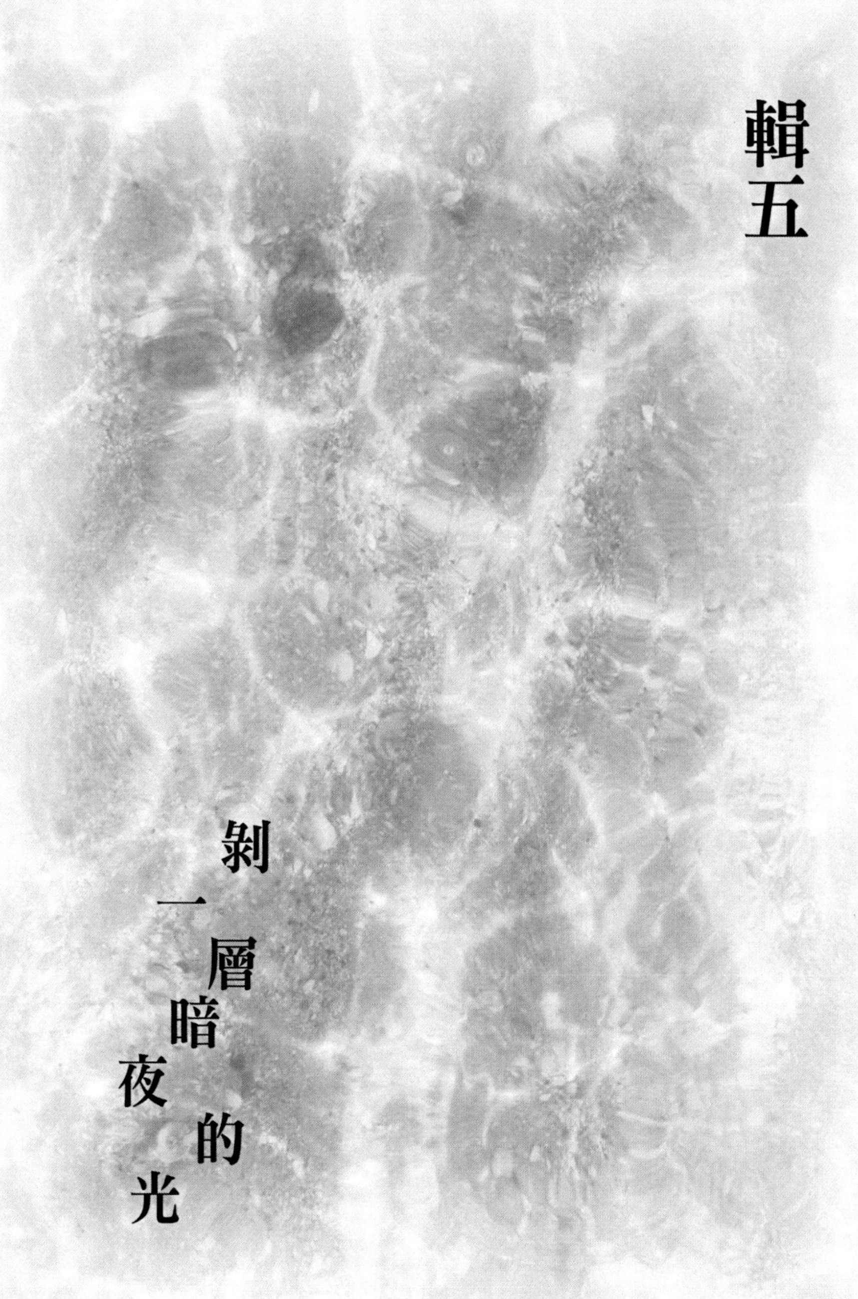

輯五

剝一層暗夜的光

夜光

脫鉤的游魚，重回大海
飛離鳥籠，自由與死亡的天空
難辨晴雨

歡呼的簇擁走向殞落
掌聲聚焦著退席
乞討者汙穢，泥中種下福田
夜行天涯，渴飲晨曦
尋尋覓覓的啟程，不再回首
光卻在家門口亮著守候

夜何止息

你如此暗
只為了讓位給光
影子糾纏

幻想著太陽
有一天將背影轉正
看看你憔悴的模樣

我輕輕撫摸你
臉龐的冰涼
彷彿伸手入墨汁，被截斷
你總是吐出，醒的思想

許多文字飛翔如蝙蝠
許多詩句亮出貓眼瞳
許多墓地的喟嘆啊
一聲聲，隨你的呼吸追逐燐火
染黑草原，隱沒大海
唯盲者在浪上飛舞，在草尖滑翔

你收集雲的癖好
為了出浴時
將星月的偷窺掛上紗簾
或以蛇的曼妙，吹笛路燈
發光街舞，勾引夜歸的酩酊
或潛入夢中，囚禁一縷縷不安的靈魂

你總是潑墨，大幅渲染
對日光的不滿
以撒旦威脅上帝

以黑綁架白
以不寐的夜遊
顛倒陰陽

所有波動的你
依然等待唯一的止息
唯一的
太陽轉身，憐惜的擁抱你

0+1

0因悲傷而失去回聲
啞口，掉下淚珠
回復空白透明
只能灌溉，屬於自己的荒蕪
以最後的精血
日復一日，終於破土

重生

火誘人
刀的曲線
紋身的胴體

她發嗔
所有人驚懼遠避
獨我縱入合體
化盡此生暗影
投射來世遍佈的光明

我只是牆

我只是牆
剝落而巍顫顫
肌里化了水泥
骨骼溶掉鋼筋
漸漸抹平反光

一些聲音掩耳
幾許畫面摀住眼睛
我是擋路的大石，得拆除
穿破胸膛，大地以嘆息鼓動迴響
在我殘缺的肢體投射影像
詩的文字與人生圖卷
我是鏡而不是牆

生日快樂

走一條沒有盡頭的路
自己慶祝生日

一早備妥醬料，醃製
讓下午的陽光慢火細烤
黃昏出爐

直到月在最後的甜點
灑上糖霜
等星星插上蠟燭
點火，許願
兩行淚垂下臉頰

吹滅，筆換上刀叉
哽咽，將自己
一口一口嚼碎，吞下

註：祝某些孤獨潦倒的詩人生日快樂。

切割

切割自己，明暗各半
暗在光耀處
摺疊角落與影子
默默吸收，從不反射
隱晦是我的名字

明在黑暗，微光吻進陋巷
不挖掘，只是填補漏洞
火苗在冬夜接龍
傷心處種一盆光，收集淚煮成熱湯
每一口，含住溫暖

火與詩

1

閃電一火就寫詩
燃燒森林的稿紙

2

一首詩寫到盡頭
一生的火焰，轉眼
滅了最後的回首

3

極盡的挑逗

啊，請不要以詩築牆
阻隔這把焚身慾火

4
詩人說世界太黑暗
詩集架起營火照亮

5
古代詩人是投江的，太冷漠
我們在詩集的廣場到處放火

6
若你是蛇，不是火
冷豔的血澆熄我
詩中笛聲的誘惑

7

雪是火鑄的，你不信
詩讓無瑕受孕
一株火苗吞噬雪色森林
你自焚，睜眼依然不信

養光

有一天我醒來以為瞎了
睜眼還是黑暗
我摸索到門口找一些落單的光
早晨的屋外還睡在深夜
只有一盞搖搖欲墜的燈苟延殘喘

我總是日夜打開門點著光
那光泄洪一去不返，我剩下黯淡
從此我關緊門養光
只打開最高最小的一扇窗
讓光慢慢由高往低流
漫漫淹滿

夢愛

有一種愛，躺成夢
不被叫醒
偶而掀開被單
發現不在
已開了門，躡足到後院
井邊撈月，或呆坐
讓風切割
天明前回床
躺臥如一只鞦韆
被風推了一把
空蕩晃著

遠走高飛

遠走
一顆心被關閉
像一個琴鍵
壓下而無法彈起
一首歌被截斷
啞在燈光聚焦的舞台
靜默如致哀

散場的風，自出口吹來
失落拉著拒絕遠走
留下劇場的空白

高飛

關閉一顆心
植深根的樹
乾旱或者雨季都供應不了養分
地面與翅膀的距離
被層疊的年輪拉高
瞻望山嶽的煙嵐
傾聽海的呼喚

我壓制不了高飛
只能給妳仰望
讓傾盆洗亮妳的眼睛
妳要學習斷線
一如我練習飛翔

我將雲與浪的傳奇
寫進風裡

捎給妳問候的心意
即使妳，卸不下強顏的面具

競技

鏡頭轉身
背光，剪影成舞台
十指競走，散了黑白
繞出絲的光澤

歌聲轉著筆尖飛
絲融入詩，隱入鼻腔
共鳴在喉間
震動深深淺淺的色彩
一朵蓮娉婷頷首
浮出空門
畫紙撲鼻香

一池靜，沉入一勺水波紋
木魚敲開水面
芒鞋未入紅塵
舉步已過終點

圍城

一座城市自己對弈
每一格線畫出焦慮
每一個交叉口缺席了黑白
替換紅綠

顏色塗抹每一格靈魂，以及面具
以業的輪迴插牌標示
你是巨人你是侏儒是螞蟻之塚

水晶杯將今生傾注
發光的噴泉，彩紅拱出

陋巷的水窪鼠輩喝水
鏡是前世

自由進出的每一格
戲謔探視獄中的方寸
靈魂典當給惡魔必須噬血手銬腳鐐的死囚
屋頂二端傾斜
便於雨水清除瓦上的殘渣，亮出琉璃瓦
晨曦將東方舉高
將積雲的夜倒給西方極樂世界
而我們在格中之隔的擠壓中
逃竄推擠撬不開呼吸的縫

城牆越砌越高
遮掉祈禱的星月
馬路越拓越寬
便於花樹簇擁著速度

晴空的玻璃笑談雲中
透明著無可翻轉的絕望

臃腫的城善於繁殖
善於吮吸土地連接天空的臍帶
花海淹沒了根莖之下的無盡汙泥

距離別貼近

距離，是保護色
野外求生，避開突發的襲擊
與無聊的獵手

別看拔河正夯，一閃失
越界成了俘虜

一只燉鍋，慢慢熬煮
感情香噴噴上桌

千萬別貼近，敏感像病毒

打噴嚏，打哈欠
打亂一場情事

晚餐

上桌前，請先漱口
燈趴下來擦淨桌面
檢視是否存有未清掉的倦容

白天的時光破破爛爛
飯香穿過你潔淨的唇舌
用齒尖縫補隱藏的傷口

月光擠入空著的座位
琴聲在家人舉筷間聯彈
一些頷首落下星光

微笑是靜夜航行的船
此站，到彼站

白天在外頭起的毛球
脫了線的毛邊
回家吃完這一餐
明天又換了新裝

星

月光涉水而過
尋一枚，墜落詩頁的星
睡蓮乍醒，伸手撥響水聲
落在我簷下呼痛的壺中，唱和火焰
水煙裊出招手，杯中
一條烏龍汲水，翻滾，活現
吐出一顆星，逐漸飛升
自我朗誦的雙唇開閉之間

習作

學劍，十載光陰洗淨劍身冷月流光隱隱鋒芒
斷樹於枝葉紋風不動
取土豪劣紳首級於十里之外不驚官府不擾百姓

習字，藏山於眉宇蓄水於眸中虎嘯龍吟
匯大地靈氣收攏風雲於袖中乾坤
一瀑飛泉瀉出筆鋒一揮即就
風雲頓開虎隱龍收滿紙低吟長嘯

學畫，霧透紙背山浮水出
孤松一掌劈開峭壁肩挑樵夫放歌群峰齊和
一屋書香溢出茅舍

隱士動搖風月滿懷射日摘星自在
星羅棋佈胸藏萬甲待一朝興復漢室盡滅寇讎

學詩，一隻蛹
將昔日老邁醃成閉關的口糧
入定，轉世投胎
黎明破曉，一身濕液曬乾成枝頭虹彩
飛入詩頁飛進人間花叢
散播愛

問禪，吃喝拉撒睡是禪
酸甜苦辣悲歡憂喜是禪
放下放不下是無放下
六識六入即六出，出盡是空
空不滿，是有

來去一念

走過的路
寫進詩頁
分岔的路牌像折線
歧義與隱喻
密謀眼睛

踩進未來的腳印
一步步淺
回顧來時那麼遠
遠眺卻逼近

一生寫一字井
挖開溝渠
種植防風林
順與逆平行
幾顆參投石
一泉悟湧出
汲水止渴，不止
坐井觀天

越獄

靈魂是密謀的外援
牆內我們預借明年的春
舉事的時刻藏入牆腳
蔓出裂縫的野草去通報

我們都有罪
臨時演員供出主角編劇與導演
藏鏡人是製片
預告賣座的悲慘世界

我們勞動鍛鍊鐵的筋骨
血的鮮甜與肉的嚼勁

我們被高價標售
精雕細琢成浪的床墊
只為了種下一株草
一枚光鮮鞋下踩過的泥印

我們蘸血簽下自白書
我們裸裎贖回賣身契
我們都有罪
我們被栓塞的血爆裂

月牙借我們鏟
星光捐助投石機
瞭望台是掩護的偽裝
我們變身囚室的老鼠與蟑螂
滴漏的龍頭全開
水漫牆外

梯

一條線，迴旋或斜置
角度決定了遠眺
陡才高，吸引仰望
下成滑梯

成長骨折，飛翔對摺再對摺
收起翅膀，留意懸空
小心別人的脊樑

書法三帖

行草

只是輕輕的
輕輕的一拳
凝聚專注的蘸飽墨汁的筆鋒
在萱紙上化開
青筋浮現，下巴腫脹
躺下吧
一幅行草在擂台上攤平

大篆

對仗是需要的
工整是需要的

甚至格律，韻腳
每座方城都暗藏迷宮
單胎，或孿生
起點或終點
走不出規律輪迴的人生

隸書

山水起伏
林間微風，誰撫琴
誰放歌，水聲漫揚
春光明媚，恍忽
入夢，眾星在耳際
交談，弦月悄悄黏上眼簾
睫毛，掀開
行雲流水
竹林葳蕤
又是一日好風景

我是毫墨，妳是飛旋的影

燈光是望遠鏡
拉近妳收束成纖瘦的筆管
妳長髮甩開
一支蘸飽的毫墨
揮灑舞台的狂草

周遭湧動的布幕推妳騰空，扯妳降落
在四壁為我狂放似浪的詩落款

妳在城市幽閉的蒼白裡舞動
掌聲爆響如海潮探沙岸的班

追星的足跡在月光存證前被毀棄
定音鼓凝固妳打開全身關節的吶喊

妳收攏台下屏息的視線
接上賁張的血脈
這一夜失蹤人口頻頻互傳

我放逐意象於人世的荒漠
節奏隨駝鈴挖開一口口甘泉
我的語言燃燒成野店的炊煙
飢渴的旅人啊！
請飲食我可口的詩篇

我們輪流背負十字架
默禱內心風雨的經典
翻開的書頁成了滿弦的弓

我們殉教似的往前飛
忘了弓弦轉彎的叮嚀

封閉的心要出關
城市要飛翔
鄉野要拍賣春的花裳
別忘了趁夜色種下一畦畦星光
黎明，將昏睡的你拉起床

我走過

1

我走過整排櫥窗
春天在裡頭招展
我回頭注視
鏡中隱現的廣場標語
每個額頭綁住的白布條
紛飛一場剛剛遠離
鋪天蓋地的雪

2

我走過墓地
幾隻黑暗中的手伸出拉我

我亮出某某院的通行證
說：「我是比你汙穢的人
不怕弄髒了你」

3

我走過一間間種族隔離的學校
左邊的四眼田雞猛啄書上的黑米
抬不起頭
右邊的陣頭耍槍舞刀
眼神空飄

4

我走過鐵絲網圈隔的重劃區
異形的捕蠅草張開血盆大口
一隻隻人頭蒼蠅
魚貫飛入森森白牙的柵門

5

我走過燈火通明的工業區
遇見佝僂的自己
想起年輕那把不斷被拉彎的弓
射出今日腐朽斑駁的箭
在此落地

衣架

所有的問句
以三角解題
那窗內失落的衣
隨窗外的風尋尋覓覓

祖國

祖國，鼓風機吹脹的熔爐
燒紅為了捶打
捶打為了上手
適合砍伐或者收割
銳利的名字

他們的祖國背不動
山一般盤著，說他牛
說他老，曾經搗碎
再千瘡百孔黏合

一艘遠洋漁船拖著網

嶄新而多孔（讓漁獲呼吸，讓海水澆灌）
捕一隻鯨的夢想

他們的祖國離我們的很近
聽說是孿生，而且連體
被海峽的手術刀
鋸齒般切割（浪的技術拙劣）
他們說完整，準備裱褙
以黃金的框鑲鑽

我們只好拼圖
在昏黃的燈下（發現自己老花）
嚙合的接線撕咬著，啃著
我們驚懼的夢……

夢裡，我們不知
醒來是否還有黎明……

退回去，攀高未來

一條路被足印拼圖，被體味醃漬
森林的亂髮，青草長滿鬍渣
我的青春莽撞
逃不過捕獸夾
暗夜對月長嚎
畏懼火光，避開人聲雜沓

而後長成一棵樹
為了遠眺，拉近守候
牽掛剪碎四散的月影
貼上返鄉的風燈
照亮睽違心情

接續是未來的樣子
急著換裝，滿室凌亂
一杯酒宛如空盞
幾碟小菜冷在一旁
一頓晚餐靜默
停在舉箸的鐘擺

所以放浪海角掛單
一支箭射向遠方
氣笛斷續鳴響
有船破浪
緊追的魚拍打尾鰭，閃電躍出
將我張望左舷的心
一劍刺穿

退回去
自熙攘退守寂靜

自阡陌退回山腳
累累盡是熟黃中年
綠葉紅成秋天的模樣
此時適合轉身
轉身適合攀高
攀高為了攻頂薄雪
燃燒最後的篝火
一盞一盞握手未來
照亮白頭

翻頁

時間在後面追趕
我繞道它的後面
讀一則則不可辨
讀昨日黃花，俱成朦朧背影

像一本詩集
再無可讀的時刻
讀著封底，那些經年的斑剝
一面風霜的鏡

我們都是一本書，曾經
首頁春陽嘹亮

連跌倒都是花泥
暗香以呼吸傳遞
曾並坐長堤
倒數潮退（潮來如花海）
曾親植花圃
以蜜圍籬（沙雕是城堡）
將春夏牽手
以心畫圓，圈二顆綺念

有時，翻頁是必須
我們不能常駐於，未知的待續
黑夜無聲襲來，一波波
我們被迫掌燈，捕捉幾許不堪
摺疊滄桑，收進暗影裡
然後靜坐，等下一次門開
等曦光送晨風進來
將垂淚的燈捻熄

執手相疊，對坐
然後相視，牽手翻開
最後的扉頁

【後記】隨緣漂流，閱讀透明

靈歌

這是我第三本詩集。

自一九七五年七月第一首詩發表在《秋水詩刊》，至二〇一一年，雖說其間因創業停筆十一年，但這麼長的時間裡，總共才寫二百多首詩，出版二本詩集。我常取笑自己是「詩壇逃兵」，連「跑龍套」都稱不上，實不為過。

直到二〇一一年十月，涂靜怡大姐表示年紀大了，身體精神上都無法負荷，《秋水詩刊》將於創刊四十週年一六〇期後，完美落幕，自此停刊。之後如果我和琹川等其他同仁願意接辦，也不要沿用秋水之名，而另起名稱。因為秋水是涂大姐為了報答古丁老師，一力肩挑的詩刊，自有其個人意義。所以，秋水是確定落幕了。

我檢討自己，寫詩三十八年，除了秋水，無人識得。雖然年輕時曾在《藍星詩刊》、《中華文藝月刊》發表詩作，但之後的三十多年，只有每年在秋水發表八首詩，如果以後想另辦詩刊（目前已打消念頭），我向誰邀稿？誰又知道靈歌？而無論名聲與詩的質與量，我都相差琹川太多。

二〇一一年十月，成了我詩路上的轉捩點。我和公司另一位股東談好，二〇一六年九月我年滿六十五歲退休，並賣出大部分股權，自此，我從忙碌的工作壓力下獲得一些抒解。下班後所有時間，都用於讀詩寫詩。這二年來，閱讀超過五十本詩集，永久訂閱十二家詩刊，寫下超過三百五十首詩，十五篇詩集賞析，而投稿更成了測試自己詩品質的場域。

二〇一二年三月註冊「吹鼓吹詩論壇」會員，但至年底才開始貼詩及寫回覆短評，隔年四月獲邀出任小詩俳句版版主。至今一年，貼詩及回覆短評超過一千三百則。

這本詩集的作品，從近二年所寫三百多首詩中挑選一百一十首結集，大部分發表於《台灣詩學吹鼓吹詩論壇》、《創世紀詩雜誌》、《笠》、《葡萄園》、《秋水》、《大海洋》、《乾坤》、《海星》、《野薑花雅集》、《香港聲韻》等詩刊，以及《中華日報》、《人間福報》、《幼獅文藝月刊》。

整本詩集分成五輯，與書同名的輯一「漂流的透明書」，收二十五首詩，都是人生各段歷程的體悟。六十二歲之齡，一路行來許多回顧，彷彿紀錄片般快轉，年輕純情受傷的故事，年長事業拼搏的起落，中年之後逐漸沉澱的達觀，如水襲來的晚年，浮沉漂流。我說，風讀著自己，讀成一部透明書。

輯二「旅行帶一罐糖」，甜甜的腳跟，被張望的雙眼懸絲。即使別離也是一種幸福，因為深信，旅行是探索和愛的儲蓄，別離只是部分支領而非透支。距離總把思念的信札加長，把平日不易啟齒的，一次清光。所以帶出門是一罐糖，帶回家以芳香的蜜交換。

「故事有點酸」為輯三，故事都適合傳唱，傳唱容易感染，哽咽像喉痛，嘆息似咳嗽，心酸鼻水直流。總是輕輕放下，一如帷幕，漫長的旅程難免折磨，難免疲累，在詩的床上，你我都可以放心躺一躺。

輯四「人間適合發呆」加了較多人生的調侃，並以遊戲人間的組詩作為主幹。累了躺，休息夠了就出發麼？不，且再放自己一些假，發一會呆。而輯五「剝一層暗夜的光」距離最貼近，因接近尾聲，接近逐漸到站的老年，一些皺了又澄澈的容顏。

我不對自己的詩作剖析，或者交待寫詩的時空背景與心情。張默老師的推薦與摘錄，好友千朔精細深入的賞析，不只帶領讀者更靠近這本詩集，也讓樸實無華的詩作幽微發光，真的感謝他們兩位。希望正讀著這本詩集的你，也有一些你喜歡的詩句，讓你在與詩漂流的時光中，滌清自己，成為一本清澈的透明書。

語言文學類　PG1166　吹鼓吹詩人叢書23

漂流的透明書
——靈歌詩集

作　　者／靈　歌
主　　編／蘇紹連
責任編輯／鄭伊庭
圖文排版／楊家齊
封面設計／千　朔

發 行 人／宋政坤
法律顧問／毛國樑　律師
出版發行／秀威資訊科技股份有限公司
114台北市內湖區瑞光路76巷65號1樓
電話：+886-2-2796-3638　傳真：+886-2-2796-1377
http://www.showwe.com.tw
劃撥帳號／19563868　戶名：秀威資訊科技股份有限公司
讀者服務信箱：service@showwe.com.tw
展售門市／國家書店（松江門市）
104台北市中山區松江路209號1樓
電話：+886-2-2518-0207　傳真：+886-2-2518-0778
網路訂購／秀威網路書店：http://www.bodbooks.com.tw
國家網路書店：http://www.govbooks.com.tw

2014年6月　BOD一版
定價：360元

國家圖書館出版品預行編目

漂流的透明書：靈歌詩集 / 靈歌著. -- 一版. -- 臺北市：
秀威資訊科技, 2014.06
面； 公分. -- (語言文學類；PG1166)(吹鼓吹詩
人叢書；23)
BOD版
ISBN 978-986-326-264-0 (平裝)

851.486 103010300

讀者回函卡

感謝您購買本書，為提升服務品質，請填妥以下資料，將讀者回函卡直接寄回或傳真本公司，收到您的寶貴意見後，我們會收藏記錄及檢討，謝謝！

如您需要了解本公司最新出版書目、購書優惠或企劃活動，歡迎您上網查詢或下載相關資料：http:// www.showwe.com.tw

您購買的書名：______________________________

出生日期：________年________月________日

學歷：□高中（含）以下　□大專　□研究所（含）以上

職業：□製造業　□金融業　□資訊業　□軍警　□傳播業　□自由業

□服務業　□公務員　□教職　□學生　□家管　□其它_____

購書地點：□網路書店　□實體書店　□書展　□郵購　□贈閱　□其他

您從何得知本書的消息？

□網路書店　□實體書店　□網路搜尋　□電子報　□書訊　□雜誌

□傳播媒體　□親友推薦　□網站推薦　□部落格　□其他__________

您對本書的評價：（請填代號　1.非常滿意　2.滿意　3.尚可　4.再改進）

封面設計____　版面編排____　內容____　文／譯筆____　價格____

讀完書後您覺得：

□很有收穫　□有收穫　□收穫不多　□沒收穫

對我們的建議：______________________________

____

____

____

請貼
郵票

11466
台北市內湖區瑞光路 76 巷 65 號 1 樓

秀威資訊科技股份有限公司　　收

BOD 數位出版事業部

（請沿線對折寄回，謝謝！）

姓　　名：＿＿＿＿＿＿＿＿　年齡：＿＿＿＿　性別：□女　□男

郵遞區號：□□□□□

地　　址：＿＿＿＿＿＿＿＿＿＿＿＿＿＿＿＿

聯絡電話：(日)＿＿＿＿＿＿＿＿(夜)＿＿＿＿＿＿＿＿

E-mail：＿＿＿＿＿＿＿＿＿＿＿＿＿＿＿＿